天《てん》才《さい》作《さっ》家《か》スズ秘《ひ》密《みつ》ファイル②

マカロン姫《ひめ》と
ペルシャ猫《ねこ》

愛川さくら・作
市井あさ・絵

角川つばさ文庫

もくじ

スズ

「天才作家《てんさいさっか》」としてデビューしちゃった主人公《しゅじんこう》。人《ひと》の注目《ちゅうもく》をあびてるときだけ、実力以上《じつりょくいじょう》の力《ちから》がでる。

プランス

クールで大人《おとな》っぽい美少年《びしょうねん》。プランスというのはフランス語《ご》で「王子《おうじ》」という意味《いみ》。スズより1つ年上《としうえ》。

カイ
天才的《てんさいてき》センスをもつサッカー少《しょう》年《ねん》。スズをからかってばかりだけど、本当《ほんとう》はやさしい。スズとはおない年《どし》。
姫《ひめ》
プランスのイトコで、スコットランド人《じん》のお父《とう》さんをもつハーフ。ゴスロリ趣味《しゅみ》で、マカロン趣味《しゅみ》。

1　秘密《ひみつ》は、体重《たいじゅう》よりも重《おも》い？

だれでも、1つや2つは秘密《ひみつ》をもってるもんよね。
大事《だいじ》なものとか、ヤバいものとかを、どっかにかくしてあるとか、さ。
物《もの》でなくても、だれにも言《い》えないことなんかを心《こころ》の中《なか》にかくしてるとか、ね。
じつは私《わたし》も、そうなんだ。
最初《さいしょ》は、ほんの、かるい気持《きも》ちではじめたんだけど。
それって気《き》づかないうちに、少《すこ》しずつ重《おも》くなっていくんだよねぇ。
まるで、体重《たいじゅう》みたいに……。
「あらスズちゃん、こうして見《み》ると、またちょっと太《ふと》ったんじゃない？」
ドキッ！

「春休《はるやす》みで、うちにいる時間《じかん》が長《なが》いからかしら。それとも、こうして甘《あま》いものばっかり食《た》べてるせいかしら。その両方《りょうほう》かもしれないけど」

いーえ、叔母《おば》さん、はっきり言《い》って、ちがいます！

私《わたし》が太《ふと》ったのは、胸《むね》でふくらむ秘密《ひみつ》のせい。

「そういえば、さっき金田《かねだ》さんって人《ひと》から電話《でんわ》があったわよ」

ドキンッ！

「編集部《へんしゅうぶ》まで電話《でんわ》くださいって」

きゃー、もうだめだっ！

「あら、また電話《でんわ》がなってる。はい、佐々木《ささき》ですけど。あ、金田《かねだ》さんね」

ひええ、きたぁ……。

叔母《おば》さん、私《わたし》はいないって言《い》って、おねがい！

「はい、ちょうどここにいますけど」

わーん、叔母《おば》さんのあんぽんたん。

「スズちゃん、金田《かねだ》さんからよ。このテーブルはもうかたづけるから、お部屋《へや》で出《で》てね」

そう言《い》われて私《わたし》は、しかたなく立《た》ちあがった。

台所《だいどころ》から出《で》て、階段《かいだん》を上《のぼ》り、自分《じぶん》の部屋《へや》のドアを開《あ》ける。

中《なか》は、すごくきれいで明《あか》るい。

窓《まど》ぎわにレースの白《しろ》いカーテン、白《しろ》い机《つくえ》に白《しろ》い椅子《いす》、白《しろ》いベッド、白《しろ》いキャビネット、白《しろ》いソファとピンクのクッション。

私《わたし》は1年前《ねんまえ》から、この部屋《へや》に住《す》んでいる。

本当《ほんとう》の家族《かぞく》をなくしちゃったから。

パパとママと、双子《ふたご》姉妹《しまい》のオリちゃんは、事故《じこ》で死《し》んだの。

だから私《わたし》、叔母《おば》さんのとこにひきとられたんだ。

「スズちゃん」

階段《かいだん》の下《した》のほうから叔母《おば》さんの声《こえ》がした。

「まだ出《で》てないの。あんまり待《ま》たせたら悪《わる》いじゃないの。はやくしなさい」

机《つくえ》の上《うえ》では、キティちゃんの電話機《でんわき》の赤《あか》いランプが、ピコピコピコピコとついたり消《き》えたりしている。

私《わたし》は、すっごくゆううつだった。

このまま足《あし》のさきから床《ゆか》にめりこんで、沈《しず》んでいってしまいそうなくらい。

金田《かねだ》さんが電話《でんわ》をかけてきた理由《りゆう》は、わかっている。

原稿《げんこう》のさいそくなのよ。

なぜって私《わたし》、鈴木美鈴《すずきみすず》は、「天才作家《てんさいさっか》」だから。

去年《きょねん》、小説《しょうせつ》を書《か》いて「青春文学賞《せいしゅんぶんがくしょう》」に応募《おうぼ》したら、入選《にゅうせん》してね、作家《さっか》としてデビューすることになったの。

そしたら、あっという間《ま》にマスコミに注目《ちゅうもく》されて、天才小学生作家《てんさいしょうがくせいさっか》といわれたのよ。

で、読者《どくしゃ》は、次《つぎ》の作品《さくひん》を待《ま》っている。

でもね、それが私《わたし》の秘密《ひみつ》なの。

日《ひ》ごとに少《すこ》しずつ重《おも》くなってきて、心《こころ》をドンヨリさせている原因《げんいん》なのよぉ。

「もしもし」

私《わたし》がおそるおそる受話器《じゅわき》を手《て》にとり、耳《みみ》にあてると、男《おとこ》の人《ひと》にしては高《たか》い金田《かねだ》さんの声《こえ》が聞《き》こえた。

げ！ん！こ！お！

「げ！　ん！　こ！　お！」

うわーん、ごめんなさい！

「書《か》いてある？」

ない。

「まさか、ないなんて言《い》わないよね。言《い》ったら、怒《おこ》るから」

そりゃあ、書《か》けるものなら書《か》くわよ。

この間《あいだ》も、なんとか書《か》けたらいいなって思《おも》って、机《つくえ》の前《まえ》に座《すわ》って考《かんが》えていたんだもの。

3分《ぷん》とたたずに、そのまま寝《ね》ちゃったけど。

「プロットはたてた？」

へ？

なんですか、それ。

「プロットだよ。あらすじのこと」

たててない。

というか、たてられない。

「まさか、まだそこまでさえも、いってないとか」

そこまでさえもというか、まあぜんぜんいってないんだけど。

「でも舞台《ぶたい》くらいは、決《き》まってるんでしょ」

う〜ん、ムリ。

「設定《せってい》とかは、どう？」

よけいムリ。

「主人公《しゅじんこう》のキャラは？」

とことんムリ。

「じゃ、ジャンルは？　現代《げんだい》ものとか、ファンタジーものとかくらいは、決《き》めてあるよねえ」

私《わたし》がだまっていると、金田《かねだ》さんは声《こえ》を低《ひく》くした。

「まさか、ぜんぜん×《バツ》だとか？」

あたりっ！

「ちょっと冗談《じょうだん》じゃないですよ。デビューのときには天才《てんさい》だったのに、僕《ぼく》が担当《たんとう》したら急《きゅう》に書《か》けなくなったなんて評判《ひょうばん》がたったら、まるで僕《ぼく》のせいみたいじゃないですか。編集者《へんしゅうしゃ》人生《じんせい》に、深《ふか》い傷《きず》がつきますよ」

まあ、お気《き》の毒《どく》に。

「傷《きず》どころか、クビになるかもしれない。こんな不況《ふきょう》のときにクビになったら、どうやって家族《かぞく》を養《やしな》っていけばいいんですか。僕《ぼく》には、子《こ》どもが7人《にん》いるんですよ」

作《つく》りすぎなんじゃないの？

「書《か》いてもらいます。さあ、書《か》いてください。ええい、なんとしても書《か》くんだ。僕《ぼく》の人生《じんせい》がかかってるんだからっ！」

と言《い》われても、なぁ……。

じつはね、小説《しょうせつ》を書《か》いて応募《おうぼ》したのは、私《わたし》じゃないのよ。

双子《ふたご》の片《かた》われ、オリちゃんなんだ。

「スズちゃんの名前《なまえ》で応募《おうぼ》するね。いいでしょ。私《わたし》たちだけの秘密《ひみつ》にしてね」

って言《い》われて、オーケーしたわけ。

そしたらオリちゃんったら、突然死《とつぜんし》んじゃうんだもの。

途方《とほう》にくれるって、このことだよねぇ。

でもそのあとで、じつは、本当《ほんとう》のことを言《い》うチャンスがあったのよ。

テレビや雑誌《ざっし》の人《ひと》たちがインタビューに来《き》たときのこと。

書《か》いたのは、じつは私《わたし》じゃないんですって言《い》えばよかった。

でもそのとき、すごいですねぇってほめられて、注目《ちゅうもく》されて、すっごくいい気分《きぶん》だったものだから、つい胸《むね》をはって、こう言《い》ってしまったの。

「はい、これからもがんばりますっ！」

ああもう、私《わたし》のバカバカバカ。

すごく後悔《こうかい》してるけど、いまさらどうしようもないんだよねぇ。

「前《まえ》にも言《い》ったけどね、作家《さっか》ってもんは書《か》けないときには1に取材《しゅざい》、2に取材《しゅざい》。町《まち》でネタを探《さが》してくるんですよ」

う～ん、取材《しゅざい》ねぇ……。

そういえば、プランスの家《いえ》に行《い》ったときはおもしろかったなあ。

「どうせ、まだ春休《はるやす》みなんでしょ」

うん、合格発表《ごうかくはっぴょう》もまだよ。

私立《しりつ》だから、おそいの。

受《う》かってるかどうかもわからなくてさ、不安《ふあん》。

「さあ、さっさと取材《しゅざい》に行《い》ってらっしゃい。そうしてプロットを作《つく》るんだ。いいですね。1週間《しゅうかん》、あげましょう。それでもしできなかったら、ほんとに子《こ》ども7人《にん》と妻《つま》をつれてあんたんちに押《お》しかけるからね。養《やしな》ってもらうからねっ！」

ひえぇぇぇ……。

「わかったら、とっとと行《い》って」

言《い》いたいことだけしっかり言《い》って、金田《かねだ》さんは電話《でんわ》をきった。

私《わたし》はこまりはてて、受話器《じゅわき》をにぎりしめたまま立《た》ちつくしてしまった。

だって、私《わたし》、まだ小学校《しょうがっこう》以上《いじょう》、中学生《ちゅうがくせい》未満《みまん》よ。

1人《ひとり》で取材《しゅざい》なんて、できないって。

ああ、こんなときにカイがいてくれたらな。

ふっと、そう思《おも》った。

カイっていうのは、小学校《しょうがっこう》の同級生《どうきゅうせい》。

ジュニアのサッカーチームに入《はい》ってて、名《めい》ストライカーらしい。

だからスポーツ特待生《とくたいせい》で、名門私立《めいもんしりつ》「松葉学園《しょうようがくえん》」に入学《にゅうがく》が決《き》まっているんだ。

赤《あか》いマイボールを持《も》っててね、カッコいい。

身長《しんちょう》なんて160センチもあって、私《わたし》をお姫《ひめ》さまだっこにできるほど力《ちから》もある。

ただねえ、……すっごくいたずらで、女子《じょし》をからかうのが好《す》きなもんだから、いっしょにいると被害《ひがい》にあうんだよね。

最初《さいしょ》は、ちょっとニガテだった。

でも「シュークリーム王子《おうじ》の秘密《ひみつ》」で、たまたま2人《ふたり》でいるときに、事件《じけん》にぶつかっちゃったんだ。

それを追《お》いかけてるうちに、私《わたし》、カイは本当《ほんとう》はとってもいいヤツなんだなって感《かん》じた。

心《こころ》がやさしいし、気《き》づかいもできるし、それに思《おも》いやりがある。

たよりにもなるんだ。

それからは、こまったときになると、すぐにカイのことが頭《あたま》にうかぶようになっちゃっ

た。

クセのないサラサラの髪《かみ》と、いたずらっぽくきらめく黒《くろ》い瞳《ひとみ》、見《み》とれるほどきれいな顔《かお》だちと、すらっと長《なが》い足《あし》。

カイなら、なんとかしてくれるんじゃないかって思《おも》えるんだ。

でも、これって、ちょっとたよりすぎかもね。

それに、本人《ほんにん》に知《し》られたら、からかわれるに決《き》まってる。

ないしょにしとかなくっちゃ。

第一《だいいち》、私《わたし》が作家《さっか》だってことも、それがウソだってこともカイにはうちあけてないんだし。

そうは思《おも》ったものの、心《こころ》にうかんだカイの顔《かお》はなかなか消《き》えなかった。

う～ん、これってなんなんだろ。

悩《なや》んでいると、下《した》からまたも叔母《おば》さんの声《こえ》。

「スズちゃん、また電話《でんわ》よ」

きっと金田《かねだ》さんだな。

なにか言《い》い忘《わす》れたか、もう一度《いちど》念押《ねんお》ししようと思《おも》ったのか、どっちかだ。

しつこいんだから、もう。

出《で》るもんか、ふん。

「すいません」

そう言《い》いながら、私《わたし》は部屋《へや》を出《で》て階段《かいだん》を下《お》りた。

「いまちょっと手《て》がはなせないって言《い》って、切《き》ってください」

叔母《おば》さんのそばまで行《い》くと、悪《わる》い子《こ》だと思《おも》われるのもかまわずにそう言《い》った。

「とうぶん、いそがしいので電話《でんわ》には出《で》られないって。電話《でんわ》しないでくださいって言《い》ってもらってもかまいません」

叔母《おば》さんは、不思議《ふしぎ》そうな顔《かお》だった。

「そう。いいの？」

もちろんですっ！

できれば、もう一生《いっしょう》かけてこないでほしいくらいの気持《きも》ちだもん。

「わかったわ」

叔母《おば》さんは送話口《そうわぐち》をふさいでいた手《て》をどけ、こう言《い》った。

「いま、出《で》られないそうです。悪《わる》いわね。カイくん」

わっ！

「で、とうぶんいそがしくて出《で》られないから、電話《でんわ》しないでほしいって」

わ〜んっ!!

2 王子《おうじ》さまからのおさそい

「出《で》っ、出《で》ます、出《で》ます。ごめんなさい」

私《わたし》はあわてて、叔母《おば》さんの手《て》から受話器《じゅわき》を奪《うば》いとった。

ああ心臓《しんぞう》に悪《わる》い、ハアハアゼイゼイ。

「よう、元気《げんき》？」

耳《みみ》にカイの声《こえ》が流《なが》れこむ。

「だよな、当然《とうぜん》」

ちょっと笑《わら》いのまじった声《こえ》だった。

「ところで、おまえ、マカロンって好《す》きか？」

私《わたし》はおもわず、目《め》がハートになってしまった。

マカロンが好《す》きか、だなんて、聞《き》くだけムダよ。

私《わたし》は、それがだ〜い好《す》きっ！

マカロンと私《わたし》の出会《であ》いは、思《おも》いかえせば３年前《ねんまえ》。

パパのお友《とも》だちが、パリに行《い》ったお土産《みやげ》に買《か》ってきてくれたかわいらしい小箱《こばこ》。

全体《ぜんたい》が薄緑色《うすみどりいろ》で、明《あか》るいグレーのレースが印刷《いんさつ》してあって、箱《はこ》のまんなかに「ＬＡＤＵＲＥＥ」って書《か》いてあったの。

最初《さいしょ》のＥの上《うえ》に、ゴマみたいな点がついていて、その単語《たんご》の下《した》には、「Ｐａｒｉｓ」と書《か》かれていた。

当時《とうじ》は、アルファベットが並《なら》んでいれば英語《えいご》だとばかり思《おも》っていたんで、この屋根《やね》はいったいなんなんだろう、その下《した》のはなんなんだろう、どう読《よ》むんだろうと、頭《あたま》の中《なか》にハテナ・マークが飛《と》びまわったものよ。

そしたらパパが教《おし》えてくれた。

「これは、フランス語《ご》で、『ラデュレ』と読《よ》む。店《みせ》の名前《なまえ》だ。その下《した》のは、『パリ』。フランス語《ご》は、語尾《ごび》のＳを読《よ》まないからね。この店《みせ》『ラデュレ』は、１８６２年《ねん》にパリに開《ひら》いた古《ふる》い店《みせ》で、いまも営業《えいぎょう》しつづけているんだよ」

薄緑色《うすみどりいろ》、いや、ミントグリーン色《いろ》って言《い》ったほうがぴったりかな、その箱《はこ》を開《あ》けると、中《なか》にはすっごくかわいい、色《いろ》とりどりのコロンとまるいお菓子《かし》が並《なら》んで入《はい》っていたの。

1つ1つの直径《ちょっけい》は2センチ5ミリくらいで、高《たか》さが1センチくらいの円盤形《えんばんがた》。

「これはマカロンといって、昔《むかし》はかたいクッキーだったんだ。この店《みせ》を作《つく》った創業者《そうぎょうしゃ》の従兄弟《いとこ》のフォンテーヌという人《ひと》が、1950年代《ねんだい》のはじめになって生地《きじ》の間《あいだ》にガナッシュをはさんで売《う》りだした。これがパリ風《ふう》マカロンと呼《よ》ばれて、大《だい》ヒットしたんだよ」

かわいい色《いろ》、まるっこくてかわいいかたち、さくっとした歯《は》ざわり、口《くち》の中《なか》でとける感《かん》じ、どれをとってもすてきなの。

生地《きじ》の間《あいだ》にはさんであるガナッシュというのは、まあクリームみたいなもので、チョコレートやピスタチオ、キャラメル、レモン、フランボワーズ、オレンジなんかで9種類《しゅるい》もある。

マカロンは、お菓子《かし》の女王《じょおう》さまよ。

いいえ、女王《じょおう》さまよりかわいいから王女《おうじょ》さまかな。

「プランスから電話《でんわ》があってさ、マカロンを食《た》べにこないかって言《い》ってきたんだけど、行《い》く気《き》ある？」

私《わたし》は、うなずき人形《にんぎょう》のように何度《なんど》も首《くび》をたてにふってしまった。

「もっちろんよっ！　あるある」

そう言《い》いかけて、おもわず言葉《ことば》を飲《の》みこんだのは、なんとなく妙《みょう》なものを感《かん》じたせい。

だってプランスって、どっちかというと孤独《こどく》をこのむ人《ひと》よ。

1人《ひとり》で静《しず》かにしているのが、好《す》きそうな感《かん》じ。

マカロンを食《た》べるにしても、クラシックかなんか聞《き》きながら、フォークとナイフを手《て》に持《も》って、切《き》りわけながら味《あじ》わうってタイプだもん。

それが、カイだけならともかく私《わたし》を呼《よ》んでいっしょに食《た》べようなんてこと、考《かんが》えつくはず、ある？

私《わたし》のことなんか、うるさいから熱《ねっ》した鉄仮面《てっかめん》をかぶせておけとか、口《くち》の中《なか》に熱《あつ》い鉛《なまり》をたらせとか、メチャクチャ言《い》ってたのよ、はじめて会《あ》ったときには。

「もしかして、なんか事情《じじょう》があるわけ？」

私《わたし》が聞《き》くと、カイはちょっと息《いき》をついた。

「ん。プランスの家《いえ》じゃなくて、イトコの家《いえ》にいっしょに行《い》って、そこで食《た》べようってことなんだ。イトコから呼《よ》ばれたらしい。おない年《どし》の女《おんな》の子《こ》だっていうから、僕《ぼく》らより1歳《さい》上《うえ》だね」

ふうん、女《おんな》の子《こ》から呼《よ》ばれたのか。

だったら、1人《ひとり》で行《い》けばいいじゃないのよ。

「なんで、私《わたし》たちをさそうの」

カイはちょっと黙《だま》りこみ、考《かんが》えてから答《こた》えた。

「プランスは言《い》わないんだけど、どうも行《い》きたくないみたいなんだ。なにか、いやなことでもあるんじゃないのか」

ああプランスって、好《す》き嫌《きら》いが多《おお》くて、うるさそうだもんね。

「で、みんなでいっしょに行《い》けば気《き》持《も》ちがまぎれる、ってことだと思《おも》うんだけど」

そんなにいやなら、ことわればいいじゃないの。

「ことわりたいんだけど、ことわれないらしい」

へえ。

ま、そういうこともあるかもしれないと、私《わたし》は一瞬《いっしゅん》、思《おも》った。

でも、よくよく考《かんが》えてみたら、それってふつうの人《ひと》にはあっても、プランスには絶対《ぜったい》ないはずなんだ。

だってプランスって、なんでも思《おも》いどおりにできる人《ひと》なんだもん。

スウェーデン王室《おうしつ》の血《ち》をひく王子《おうじ》だし、頭《あたま》いいし、カッコいいし、財産《ざいさん》あるし、身分《みぶん》もあるし、みんなから尊敬《そんけい》されてるし、できないことなんかないのよ。
それが……ことわれないなんて……。
これはおかしい。
絶対《ぜったい》、へんっ！
なにかあるにちがいない!!
もしかしてネタになるかもしれない。
そう考《かんが》えて、私《わたし》は、すごく乗《の》り気《き》になった。
ここで取材《しゅざい》させてもらえば、小説《しょうせつ》が書《か》けるかも。
そしてあの金田《かねだ》さんに原稿《げんこう》をつきつけてやれたら、どんなに気持《きも》ちがいいだろう。
「行《い》く、行《い》く。私《わたし》は行《い》く。カイ、あんたは？」
いきごんで聞《き》くと、カイは、いつもとかわらない口調《くちょう》で答《こた》えた。
「ま、つきあってやってもいいかなって思《おも》ってるとこ。こまってるみたいだからさ」
カイっていいヤツなんだなって、私《わたし》はあらためて思《おも》った。
だから友《とも》だちが多《おお》いんだよね。

「おまえの場合《ばあい》、目的《もくてき》はマカロンだけだろ」

それは、誤解《ごかい》だぁ！

私《わたし》だってね、食《た》べ物《もの》以外《いがい》のこと、考《かんが》えることはあるのよ。

たまぁ〜に、だけどさ。

「味《あじ》はバツグンだってさ。それだけは保証《ほしょう》するって」

そう言《い》われて、私《わたし》は目《め》がキランッ！

「わかった、行《い》く行《い》く」

かんたんにそう言《い》ってしまったけれど、あとから思《おも》えば、このとき、カイの言葉《ことば》をもっとよく考《かんが》えてみるべきだったのよね。

《それだけは》、って言《い》ったのよ、《それだけは》って。

行《い》ってみてわかったんだけど、たしかに他《ほか》の保証《ほしょう》はなんにもなかった……。

おまけに、あんな激《はげ》しいバトルが待《ま》っているなんて、思《おも》ってもみなかったんだ、ほんと。

「プランスが車《くるま》で迎《むか》えに来《き》てくれるって言《い》ってた。家《いえ》で待《ま》ってればいいよ」

3 透明人間《とうめいにんげん》になる方法《ほうほう》

その日《ひ》の午後《ごご》、大《おお》きな車《くるま》が家《いえ》の前《まえ》で止《と》まって、運転手《うんてんしゅ》さんがドアフォンをならした。

「お迎《むか》えにまいりました」

制服《せいふく》を着《き》た運転手《うんてんしゅ》さんを見《み》て、叔母《おば》さんはびっくり。

「はぁ……」

なにも言《い》えずにいるところに、

「お嬢《じょう》さまは、いらっしゃるでしょうか」

と、言《い》われたものだから、さらにびっくり。

私《わたし》がいそいで階段《かいだん》を下《お》りていくと、こちらを見《み》てこまったように言《い》った。

「スズちゃん、お嬢《じょう》さまだって……。どこかの家《いえ》とまちがってるみたいなの」

お嬢《じょう》さまとは、この私《わたし》のことよ、うふっ。

叔母《おば》さんは、目《め》をまんまるにしながら私《わたし》を見《み》おくりに家《いえ》の外《そと》まで出《で》てきて、車《くるま》の中《なか》にいたプランスを見《み》て、三度《ど》めの大《おお》びっくり。

「まぁぁスズちゃんのお友《とも》だちって、お人形《にんぎょう》さんみたいにきれいな女《おんな》の子《こ》なのねぇ」

え……あれって男《おとこ》の子《こ》なんだけど、いちおう。

「行《い》ってきます」

そう言《い》って私《わたし》は、運転手《うんてんしゅ》さんが開《あ》けてくれたドアから車《くるま》に乗《の》りこんだ。

中《なか》は、ソファがむかいあわせになっているリムジンタイプで、冷蔵庫《れいぞうこ》もあり、映画《えいが》も見《み》られる。

プランスは読書中《どくしょちゅう》だった。

「カイは？」

私《わたし》が聞《き》くと、本《ほん》を読《よ》みながら親指《おやゆび》で、自分《じぶん》のうしろに下《さ》がっているカーテンをさした。

「中《なか》で、ゲーム中《ちゅう》」

ふうん、カーテンのむこうはゲーム部屋《べや》なんだ。

でもせっかく顔《かお》をあわせたのに、1人《ひとり》でゲームってないよね。

「カイ、ゲームなら家《いえ》でしなさいよ」

私《わたし》が声《こえ》をあげると、少《すこ》しして奥《おく》のカーテンが開《ひら》いた。

「よっ」

カイが顔《かお》を出《だ》し、ソファを飛《と》び越《こ》えてこちらにやってくる。

「なんか食《た》べる？」

そう言《い》いながら、冷蔵庫《れいぞうこ》からジュースのカンとシュークリームを出《だ》して配《くば》ってくれた。

う、うれしい。

プランスも本《ほん》をおき、3人《にん》でティータイム。

「私《わたし》はいま、メタマテリアルの研究中《けんきゅうちゅう》だ」

プランスと正面《しょうめん》からむかいあうのはひさしぶりだったけど、あいかわらず美《うつく》しかった。

スウェーデン王室《おうしつ》に生《う》まれたパパと、若《わか》い日本人《にほんじん》ママの間《あいだ》に生《う》まれたハーフで、髪《かみ》は金《きん》色《いろ》、ハニー・ブロンド。

瞳《ひとみ》は青《あお》、すごくきれいなセルリアン・ブルー。

肌《はだ》なんて透《す》きとおりそうに白《しろ》くって、唇《くちびる》は赤《あか》。

金色《きんいろ》のまつげがくるっと上《うえ》をむいていて、顔《かお》だちも整《ととの》っていて、叔母《おば》さんじゃないけど、まるでお人形《にんぎょう》みたいなのよ。

スタイルもいい。

ちょっと冷《つめ》たい感《かん》じがするけれど、どことなく華《はな》やかで高貴《こうき》なムードをもっている。

つまり、外見《がいけん》は完璧《かんぺき》。

頭《あたま》もよくて、まだ13歳《さい》なのに自分《じぶん》の研究室《けんきゅうしつ》でいろいろと研究《けんきゅう》している。

つまり天才《てんさい》で、頭脳《ずのう》も完璧《かんぺき》。

悪《わる》いところがあるとすれば、……それは性格《せいかく》っ！

「次《つぎ》のノーベル物理学賞《ぶつりがくしょう》は、私《わたし》がもらう」

プランスの言葉《ことば》を聞《き》いて、私《わたし》はもうちょっとで笑《わら》いだしてしまうところだった。

だってノーベル賞《しょう》って、おじいさんやおばあさんのもらうものでしょ。

つまり年寄《としよ》りになるくらい長《なが》く研究《けんきゅう》してないと、もらえないってこと。

そりゃノーベル賞《しょう》にはスウェーデン王室《おうしつ》が関《かか》わってるから、たしかにプランスの親戚《しんせき》かもしれないけど、あれだけ世界的《せかいてき》な賞《しょう》になると、コネなんかきっこないもん。

ムリよ、ムリ。

「ん、いけるかもね」

そう言《い》ったのは、カイだった。

「メタマテリアルはいま、物理学《ぶつりがく》の最先端《さいせんたん》だからな」

私《わたし》は、びっくり。

「問題《もんだい》があるとしたら、デューク大学《だいがく》とカリフォルニア大学《だいがく》の研究《けんきゅう》グループだよ。彼《かれ》らも、同《おな》じ研究《けんきゅう》をしている。マイクロ波《は》を迂回《うかい》させたり、可視光《かしこう》を屈折《くっせつ》させたり、だ。さきを越《こ》される可能性《かのうせい》があるだろ」

私《わたし》の頭《あたま》の中《なか》は、？？？

まるっきり話《はなし》についていけない。

仲間《なかま》はずれにされたみたいでおもしろくなくて、私《わたし》は2人《ふたり》の間《あいだ》に顔《かお》をつっこんだ。

「ねえ、そのメダマなんとかって、なに？」

するとプランスは、片手《かたて》で自分《じぶん》の両目《りょうめ》をおおった。

「この無知《むち》な女《おんな》を、なんとかしてくれ。同《おな》じ空気《くうき》をすっていると、バカがうつりそうだ」

むっ！

「バカは、どっちよ」

私《わたし》は、大反撃《だいはんげき》っ！

「あのねえ、よく聞《き》いて。『バカ』には、伝染性《でんせんせい》はないのよ。だから絶対《ぜったい》、うつったりしないの。バカがうつると思《おも》ってるあんたこそ、バカよ」

私《わたし》のとなりでカイが笑《わら》いだす。

プランスは、深《ふか》いため息《いき》をついた。

「カイ、こいつをだまらせろ」

ムカッ！

私《わたし》は、またも反撃《はんげき》しようと口《くち》を開《ひら》いた。

「あのねぇ」

そう言《い》いかけたとき、カイが手《て》をのばして私《わたし》の頭《あたま》の上《うえ》においたの。

「メダマじゃない、メタ、マだよ。メタマテリアル。ほら言《い》ってごらん。一度《いちど》でも口《くち》にしてみれば、ちゃんと覚《おぼ》えられるよ」

やさしい笑顔《えがお》をうかべて、私《わたし》の目《め》をのぞきこむ。

「メタ、マ、テ、リ、ア、ル」

私《わたし》は、カイの唇《くちびる》の動《うご》きをまねして、ゆっくりと言《い》った。

「メタ、マ、テ、リ、ア、ル」

カイは大《おお》きな手《て》で、くちゃっと私《わたし》の髪《かみ》をなでまわす。

「ほら、言《い》えただろ。もう覚《おぼ》えたよな」

私《わたし》は、うなずいた。

きっと一生忘《いっしょうわす》れない。

あたたかい笑顔《えがお》もいっしょに覚《おぼ》えたから。

「で、メタマテリアルっていうのは、いろいろに使《つか》える素材《そざい》なんだけど、そうだな、これを使《つか》えば、透明人間《とうめいにんげん》にもなれるよ」

えーっ！

透明人間《とうめいにんげん》なんて、アニメの世界《せかい》の話《はなし》だと思《おも》ってた。

「どうやって透明《とうめい》になるの？」

私《わたし》が聞《き》くと、カイはちらっとプランスのほうを見《み》た。

「説明《せつめい》してやってよ」

プランスは、冷笑《れいしょう》する。

「その頭《あたま》じゃ、どうせ理解《りかい》できないだろう。カイ、きみにまかせる」

ちっ、いちいちにくたらしいんだから。

私《わたし》がプランスをにらみつけていると、カイが腕《うで》をつかんで私《わたし》の体《からだ》を自分《じぶん》のほうにむけた。

「かんたんに言《い》えば、こういうこと。つまり、どんなものでもメタマテリアルで包《つつ》めば、見《み》えなくなるんだ。なにもないかのような、透明《とうめい》になってしまうってわけ」

わあ……、すごいかも。

「じゃ、それを人間《にんげん》が着《き》れば、透明人間《とうめいにんげん》になるってこと？」

カイはうなずいた。

「ちょっと前《まえ》にハリウッド映画《えいが》で『インビジブル』っていうのがあって、透明人間《とうめいにんげん》の話《はなし》だったけど、透明《とうめい》になるって人間《にんげん》の永遠《えいえん》の夢《ゆめ》の1つだよな」

私《わたし》は、すっかりうれしくなった。

もし、もしね、私《わたし》が透明《とうめい》になれたら、最初《さいしょ》に学校《がっこう》に行《い》って、みんなを驚《おどろ》かせて、そしてお菓子屋《かしや》さんに行《い》って、おもいっきりつまみ食《ぐ》いっ！

「おい、顔《かお》がニヤけてるぞ。また食《く》い物《もの》のこと考《かんが》えてるな」

あたりっ！

メタマテリアルで包《つつ》んだものがどうして目《め》に見《み》えなくなるのかわかんないけど、でもそれをプランスが考《かんが》えだしたってのは、すごいよね、うん。

ムダに性格悪《せいかくわる》いわけじゃないんだ。

できあがったら、ちょっとでいいから私《わたし》にもわけてほしいなぁ。

「それ、いつごろできるの？」

そう聞《き》くと、プランスはいやな顔《かお》をして私《わたし》を見《み》た。

「いきなり、完成《かんせい》について聞《き》くのか。その前《まえ》に、原理《げんり》について聞《き》くのがふつうだろう」

ふん、理屈《りくつ》っぽいったら。

まあしょうがない、聞《き》いてやろう。

完成《かんせい》したら、わけてもらいたいもんね。

「原理《げんり》は、どうなの」

すると、プランスはうれしそうな顔《かお》になった。

結局《けっきょく》、話《はな》したかっただけなのかも。

「人間《にんげん》の目《め》は、光《ひかり》の反射《はんしゃ》によって物体《ぶったい》を感知《かんち》する。その光《ひかり》は、物質《ぶっしつ》の透磁率《とうじりつ》と誘電率《ゆうでんりつ》によって、反射《はんしゃ》するか屈折《くっせつ》するかが決《き》まっているんだ」

私《わたし》には、まったく、チンプンカンプン。

「自然界《しぜんかい》の物質《ぶっしつ》では、この両方《りょうほう》が負《ふ》になることはありえない」

聞《き》いているうちに、なんだか眠《ねむ》くなってきて、ふわぁ〜……。

「透磁率《とうじりつ》というのは、磁場《じば》の中《なか》に入《い》れたときの……」

ぐっすり。

「カイ、こいつを車外《しゃがい》に投《な》げ捨《す》てろ」

わっ、死《し》んじゃう！

「ひどいよ」

私《わたし》がさけぶと、プランスは横《よこ》をむいた。

「今世紀最大《こんせいきさいだい》の研究《けんきゅう》について話《はな》しているときに、寝《ね》るヤツが悪《わる》い。人間《にんげん》じゃない」

なんですってぇ！

「2人《ふたり》とも、落《お》ちつけよ」

私《わたし》とプランスの間《あいだ》に、カイが顔《かお》をつきだした。

「スズ、よく聞《き》けよ。メタマテリアルは、デジカメやメガネのレンズなんかにも使《つか》えるん

だ。強《つよ》い近視《きんし》だと、メガネのレンズって厚《あつ》くなるだろ」

ん、そうだよね。

この私《わたし》のメガネ、そうだもん。

レンズが厚《あつ》くて、人《ひと》から私《わたし》の目《め》が見《み》えないの。

スズちゃんの顔《かお》ってトンボみたいって、言《い》われたことあるんだ、しくしく……。

「でもメタマテリアルを使《つか》えば、強《つよ》い近視《きんし》のメガネも薄《うす》いレンズのままで大丈夫《だいじょうぶ》なんだ。

光《ひかり》の屈折率《くっせつりつ》を大《おお》きくすることができるからね」

へえ、そうなんだ。

だったら、うれしいな。

そんなメガネができたら、すぐ買《か》ってもらうんだけど。

「強《つよ》い近視《きんし》なら、コンタクトレンズのほうがいい」

プランスがそう言《い》いながら、私《わたし》のメガネをとりあげた。

とたんに私《わたし》の世界《せかい》は、大《おお》ボケっ！

線《せん》という線《せん》が、みんなぼやけて、なんにもわからない。

かろうじて区別《くべつ》できるのは、色《いろ》のさかい目《め》だけ。

プランスは、顔《かお》を近《ちか》づけてつくづくと私《わたし》を見《み》たあげくに、こう言《い》った。

「めずらしい顔《かお》だ」

ほっといてよっ！

「プランス、ふざけすぎだぞ」

怒《おこ》ったようなカイの声《こえ》がひびいて、そのあと、私《わたし》の顔《かお》にメガネが返《かえ》ってきた。

ようやく世界《せかい》がはっきりして、私《わたし》は、ほっとひと安心《あんしん》。

でも、見《み》えてなかった間《あいだ》にカイとプランスの間《あいだ》にものすごい火花《ひばな》が飛《と》びちったらしく、2人《ふたり》とも180度《ど》近《ちか》くもそっぽをむいて、むっつり黙《だま》りこんでしまっていた。

車内《しゃない》は、なんだか暗《くら》〜い雰囲気《ふんいき》に。

やだ、どうしたんだろ。

私《わたし》は、こっそりカイの耳《みみ》にささやいた。

「なんか、あったの？」

するとカイは、目《め》を鋭《するど》くして私《わたし》をにらんだ。

「おまえをかばおうとして、ケンカしたんだろ」

あ、そういえばそうだった。

「それなのに、なんかあったのって、なんだよ。あほ、バカ、どんかん」

むむぅ〜！

この言《い》い方《かた》って、プランスよりひどいじゃん。

自分《じぶん》だって、いつも私《わたし》のこと、からかってばかりいるくせに。

たま〜に一度《いちど》くらいかばったからって、いばるな。

「なによ、あんたなんか最低《さいてい》」

そう言《い》うと、カイはすっかりふくれてしまって、車《くるま》の中《なか》の雰囲気《ふんいき》はますます悪化《あっか》。

プランスは本《ほん》を読《よ》みはじめ、カイは黙《だま》りこみ、私《わたし》は……しかたがないので目《め》の前《まえ》に出《で》ていたシュークリームを食《た》べつづけた。

それがなくなると、冷蔵庫《れいぞうこ》を探《さぐ》って、チーズケーキやアップルパイとかも食《た》べた。

おいしかったけど、なんとなくたのしくなかった……。

4

シンデレラのお城《しろ》へ！

「ここが、イトコの家《いえ》だ」

車《くるま》が止《と》まったのは、大《おお》きな門《もん》の前《まえ》。

前《まえ》に行《い》ったプランスのお屋敷《やしき》ほどじゃなかったけど、でもその中《なか》に入《はい》っていくと、まるでディズニーランドのシンデレラ城《じょう》のような建物《たてもの》が見《み》えてきたの。

「わっ、お城《しろ》だっ！」

私《わたし》が驚《おどろ》いていると、プランスはゆううつそうに大《おお》きなため息《いき》をついた。

「伯母《おば》の趣味《しゅみ》なんだ」

車《くるま》は、庭《にわ》の中《なか》に続《つづ》いた道《みち》をとおってそのお城《しろ》に近《ちか》づいていく。

「伯母《おば》とは、前《まえ》に一度《いちど》、会《あ》ってるだろ」

プランスにそう言《い》われて、私《わたし》はカイと顔《かお》を見《み》あわせた。

はて。

「わかった」

カイが、長《なが》い指《ゆび》をパチンとならす。

「この間《あいだ》、プランスの家《いえ》に来《き》た女《おんな》の人《ひと》だ。プランスのママの姉《ねえ》さん、そうだろ？」

私《わたし》は、山《やま》のようにヌイグルミを持《も》ってきた、化粧《けしょう》の厚《あつ》いオバさんのことを思《おも》いだした。

あー、あの人《ひと》かぁ……。

「そうだ。いま、旅行中《りょこうちゅう》でいないけどね」

私《わたし》は、なんとなくほっとした。

だって、けっこう強引《ごういん》そうだったんだもの。

「ここには祖母《そぼ》もいっしょに住《す》んでるんだけど、いまは2人《ふたり》で上海《シャンハイ》に出《で》かけてるんだ。祖《そ》父《ふ》はもう死《し》んでいて、伯父《おじ》はスコットランド人《じん》で本国《ほんごく》に単身赴任中《たんしんふにんちゅう》。だから今日《きょう》ここにいるのはイトコだけ」

さもいやそうに話《はな》すプランスを見《み》ていて、私《わたし》は、はっとした。

プランスが1人《ひとり》でここに来《き》たくなかったわけが、わかったような気《き》がしたのよ。

「あのぅ、もしかして……」

だってプランスのママは、ピンク趣味《しゅみ》でさ、服《ふく》といわず部屋《へや》といわず、ピンクのフリルとリボンとレースをビラビラさせていたのよ。

で、その姉《あね》にあたる伯母《おば》さん、つまりこの家《いえ》にいるイトコの母親《ははおや》が、ヌイグルミ趣味《しゅみ》。となったら、イトコも絶対《ぜったい》、なにかあるにちがいないっ！

「そのイトコ、妙《みょう》な趣味《しゅみ》をもってたりするんでしょ。だからプランスは、そんないやそうな顔《かお》してんじゃないの。イトコの趣味《しゅみ》って、いったいどーゆーの？」

プランスはしばらくだまっていたけれど、やがて答《こた》えた。

「マカロン趣味《しゅみ》」

へっ？

「マカロンがすごくかわいく思《おも》える、らしい」

まあ、それは私《わたし》もそう思《おも》うけど。

「蠟《ろう》で作《つく》ったマカロンが売《う》っているだろ。アクセサリーとして」

うん、流行《はや》ってるよね。

「そのマカロンを買《か》ってきて、なんにでもつけるんだ。服《ふく》にも、靴《くつ》にも、カバンにも、じゅうたんにも、家具《かぐ》にも、部屋《へや》の天井《てんじょう》にも、風呂場《ふろば》にも、トイレにも、観葉植物《かんようしょくぶつ》にも、ペットにも。見《み》わたすかぎり、すべてがマカロン。どこをむいてもマカロンだらけなんだ」

うえぇぇぇ……。

「とてもじゃないが、落《お》ちつかない」

うん、わかる、もっともだ。

「マカロンにかこまれてマカロンを食《た》べなきゃならないなんて、最悪《さいあく》だ」

力《ちから》なく、首《くび》を横《よこ》にふるプランスの肩《かた》を、私《わたし》はたたいてなぐさめた。

ここに来《き》たくなかった理由《りゆう》は、よくわかった。

で、わからないのは、なんで、それをことわれなかったのかってことなんだけど。

「そんなにいやだったら、どうして来《き》たの？」

私《わたし》は、すっごくおもしろい理由《りゆう》が聞《き》けることを期待《きたい》した。

それをネタに1作書《さくか》くつもりで、心《こころ》にメモする用意《ようい》をして耳《みみ》をかたむけていると、プランスはまいったといったように片手《かたて》で髪《かみ》をかきあげた。

「祖母《そぼ》が旅行《りょこう》に出《で》かける前《まえ》に、私《わたし》に電話《でんわ》をしてきたんだ。しばらく留守《るす》にするけど、ときどき様子《ようす》を見《み》てやってねって」

はっ？

様子《ようす》って、なんの？

「イトコの様子《ようす》を見《み》てほしいってこと？」

横《よこ》からカイが口《くち》を出《だ》すと、プランスは首《くび》を横《よこ》にふった。

クセのない髪《かみ》がさらっとゆれる。

いいな、いいな、すてきだな。

私《わたし》なんて強烈《きょうれつ》なクセっ毛《け》だから、いつもかたまったままのかたちで、多少《たしょう》の風《かぜ》くらいじゃビクともしないんだよ。

これって、ぜんぜんかわいくないよね。

私《わたし》は、ちらっとカイを見《み》る。

空調《くうちょう》の風《かぜ》で前髪《まえがみ》がふわっと舞《ま》いあがり、ガラス窓《まど》からさしこむ光《ひかり》を反射《はんしゃ》して輝《かがや》いていた。

カイも、ストレート・ヘアなんだよな。

2人《ふたり》とも、うらやましいったら。

「いいや、猫《ねこ》だ」

プランスの声《こえ》が急《きゅう》に耳《みみ》に飛《と》びこんできて、私《わたし》は大《おお》あわて。

話《はなし》を聞《き》いてなかったのがバレて怒《おこ》られるんじゃないかと思《おも》って、身《み》を縮《ちぢ》めた。

「留守中《るすちゅう》の世話《せわ》はイトコがひき受《う》けたらしいが、祖母《そぼ》としては心配《しんぱい》なんだろう。すごくかわいがっているんだ。それに、イトコはゲームをはじめると夢中《むちゅう》になって他《ほか》のことは忘《わす》れてしまうから」

どうやらおばあさんは猫《ねこ》を飼《か》っていて、それをプランスにたのんでいったらしい。

よかった、話《はなし》についていけそう。

「私《わたし》は、祖母《そぼ》のお気《き》に入《い》りなんだ。なんでもたのまれる。今回《こんかい》は、猫《ねこ》の様子《ようす》を見《み》ることだ。年寄《としよ》りのたのみじゃ、とてもことわれない」

なんだ、ただそれだけかぁ。

そんなんじゃ、取材《しゅざい》しても小説《しょうせつ》のネタにはならないよねぇ。

がっかり……。

「祖母《そぼ》も夫《おっと》をなくして寂《さび》しいんだろう。たよってくれているんだから、できるだけのことはしてやりたいと思《おも》っている」

プランスがそう言《い》うのを聞《き》いて、私《わたし》は目《め》を見《み》はった。

まだ13歳《さい》なのに、大人《おとな》からたよられて、しかもそれに応《こた》えようとするなんて、すごいよ。

面倒《めんどう》だとか、迷惑《めいわく》だとか言《い》わずに、大人《おとな》の気持《きも》ちをきちんと受《う》け止《と》めて、それとむきあおうとしてるんだもの。

えらいっ！

小説《しょうせつ》のネタとしてはおもしろくないけど、でも人《ひと》の期待《きたい》に応《こた》えるって大事《だいじ》なことだよね。

よし、私《わたし》も協力《きょうりょく》しよう。

そう思《おも》いながらカイのほうに目《め》をむけると、カイも同《おな》じ気持《きも》ちだったらしくて、大《おお》きくうなずきながら親指《おやゆび》を立《た》て、片目《かため》をつぶった。

「よし、協力《きょうりょく》するよ」

そんなカイはすごくカッコよくて、私《わたし》は一瞬《いっしゅん》、見《み》とれてしまった。

これだから、人気《にんき》あるんだよなぁ。

やっぱり来年《らいねん》のヴァレンタインには、チョコレートあげようかな。

「スズ、なんだよ、そのぼんやりした顔《かお》は」

カイがバカにしたように言《い》った。

「頭《あたま》がカラッカラッ音《おと》をたててるのが聞《き》こえそうな顔《かお》だけど」

えーい、やらんっ！

5 マカロン姫《ひめ》のひとめぼれ

「つきました」

運転手《うんてんしゅ》さんがそう言《い》って車《くるま》を止《と》め、ドアを開《あ》けてくれた。

私《わたし》たちは車《くるま》から下《お》り、玄関《げんかん》の前《まえ》に立《た》って、ドアフォンを押《お》したプランスがお城《しろ》の人《ひと》と話《はな》すのを聞《き》いていた。

そのとき、私《わたし》の後《うし》ろのほうで、ざざっと音《おと》がしたの。

ふり返《かえ》ると、バラのしげみの間《あいだ》から白《しろ》い毛《け》のかたまりが飛《と》びだしてきて道《みち》をつっきり、杉《すぎ》の立《た》ち木《き》の中《なか》に消《き》えるところだった。

毛玉《けだま》から手足《てあし》が出《で》ているみたいなかっこうで、白《しろ》い首輪《くびわ》がついていた。

それでその一部分《いちぶぶん》が、きらきら光《ひか》っていたのよ。

動《うご》きがはやくてよく見《み》えなかったけど、なんだろう。

「カイ、いま、なんかいた」

私《わたし》が指《ゆび》さし、カイがふりむいたときには、
それは姿《すがた》を消《け》していた。

「いま、その木《き》の間《あいだ》に入《はい》っていったんだけど」

カイは、肩《かた》をすくめた。

「ワニか？　それともパンダか？」

ちがうっ！

「わかった、コモドドラゴンだろ」

あのねえ、もっとふつうの答《こた》えはないわけ。

「わざと、言《い》ってるでしょ？」

私《わたし》が聞《き》くと、カイはアカンベした。

「庭《にわ》にいるんなら、犬《いぬ》か猫《ねこ》に決《き》まってるだろ」

ふん、からかって。

でも、あんなに光《ひか》る首輪《くびわ》をしているなんて、ただの犬《いぬ》や猫《ねこ》じゃないと思《おも》うんだけどな。

「2人《ふたり》とも、なにしてるんだ。行《い》くぞ」

プランスがこちらをふりかえってそう言《い》ったとき、目《め》の前《まえ》に立《た》ちふさがっていた玄関《げんかん》ドアが音《おと》をたてて開《ひら》いた。

そのむこうに、1人《ひとり》の女《おんな》の子《こ》が立《た》っていたの。

「いらっしゃい、プランス」

プランスが、私《わたし》とカイをふり返《かえ》った。

「これ、僕《ぼく》のイトコで、スコットランド人《じん》とのハーフの美姫《みき》」

さすがにプランスのイトコというだけあって、顔《かお》だちは完璧《かんぺき》。

まるで雑誌《ざっし》の表紙《ひょうし》モデルみたいだった。

でも、その服装《ふくそう》といったら……。

レースでかざった黒《くろ》い帽子《ぼうし》に、レースの黒《くろ》いブラウス、足首《あしくび》までの長《なが》く黒《くろ》いスカート、バレエシューズみたいにぺったんこの黒《くろ》い靴《くつ》、片手《かたて》には黒《くろ》いリボンのついた傘《かさ》を持《も》っていた。

「この靴《くつ》、どう？」

ちょっと見《み》たところは、ゴスロリ（ゴシック・ロリータのことよ）趣味《しゅみ》。

でも、そのすべての部分《ぶぶん》から、赤《あか》や黄《き》や黄緑《きみどり》や白《しろ》のマカロンがブラブラとぶら下《さ》がっているとなったら、これはやっぱりマカロン趣味《しゅみ》っ！

プランスがこっそりとささやいた。

「な、つかれるだろう」

私《わたし》は、げんなりしながらうなずいた。

「ん、かなり」

でもプランスのイトコは、そんな私《わたし》たちの気持《きも》ちなんかてんで無視《むし》して話《はな》しつづけたのよ。

「パパがパリのレペットからとりよせてくれたの」

けっこう、空気《くうき》のよめない子《こ》かもね。

「この傘《かさ》は、ギ・ド・ジャンのよ。すてきでしょう？」

私《わたし》は、もうちょっとで言《い》ってしまうところだった。

とってもかわいいわよ、そのマカロンさえなかったらね、って。

「そちら、お友《とも》だち？　紹介《しょうかい》してくれる？」

プランスは、まずカイを指《ゆび》さした。

「冬馬戒《とうまかい》。サッカー特待《とくたい》でうちの学校《がっこう》に推薦入学《すいせんにゅうがく》が決《き》まってる」

それから私《わたし》をさした。

「鈴木美鈴《すずきみすず》。うちを受《う》けてるけど、受《う》かってるかどうかはまだ不明《ふめい》」

わーん、プランスのイジワルっ！

そんな言《い》い方《かた》したら、私《わたし》の印象《いんしょう》が悪《わる》くなるじゃないか。

いいわよ、自分《じぶん》で紹介《しょうかい》しなおすから。

私《わたし》はプランスをにらみ、それからイトコのほうにむきなおった。

「あの、私《わたし》は……」

ニッコリ笑《わら》ってそこまで言《い》いかけたところで、すごくショックを受《う》けたの。

だってイトコの目《め》の中《なか》には、くっきりとハートがうかびあがっていたんだもの。

その視線《しせん》は、まっすぐカイの顔《かお》の上《うえ》っ！

まるで吸《す》いこまれているかのよう。

「私《わたし》は美姫《みき》・フランソワ・アングレーム・マクドナルド・東城《とうじょう》よ。ニックネームは、姫《ひめ》。そう呼《よ》んでね。よろしく」

カイばかり見《み》つめていて、私《わたし》のほうなんか、ちらっとも見《み》ない。

まるで2人《ふたり》の世界《せかい》っ！

カイと自分《じぶん》を包《つつ》むバリアをはって、それ以外《いがい》はぜんぶはじき返《かえ》している感《かん》じだった。

「じゃ、お茶室《ちゃしつ》に行《い》きましょう」

そう言《い》うなり、自分《じぶん》の腕《うで》をカイの腕《うで》にからめてさっさと歩《ある》きだしたのよ。

私《わたし》のことは、てんで無視《むし》。

なによ、これって……。

素直《すなお》に言《い》うなりになっているカイもカイだ。

僕《ぼく》は友《とも》だちといっしょに行《い》くから、くらい言《い》ったらどうなのよ。

「姫《ひめ》は、カイがお気《き》に入《い》りか」

プランスが、ほっとしたようにつぶやいた。

「でもカイに相手《あいて》をしていてもらえれば、助《たす》かるよ。おい、私《わたし》たちも行《い》こう」

それで私《わたし》はプランスと並《なら》び、カイと姫《ひめ》のあとに続《つづ》いてお茶室《ちゃしつ》とやらにむかったんだけど、なんか……ムカつく。

私《わたし》たちの前《まえ》で、姫《ひめ》は、しきりにカイにむかって笑顔《えがお》をふりまきながら話《はな》しかけた。

「私《わたし》の名前《なまえ》って長《なが》くて、途中《とちゅう》にマクドナルドって入《はい》ってるでしょ。笑《わら》う人《ひと》が多《おお》いんだけど、でもマクドナルドって、スコットランドではけっこう多《おお》い苗字《みょうじ》なのよ。ハンバーガーで有名《ゆうめい》なあの『マクドナルド』の創設者《そうせつしゃ》は、きっと先祖《せんぞ》がスコットランド人《じん》だったんだと思《おも》うわ」

ああ、そうですかい。

「むくれるなよ」

プランスがくすっと笑《わら》った。

「ブスがひどくなる」

うわーんっ！

「泣《な》くな。さらにひどくなる」

くっそ、ぶってやるっ！

私《わたし》は、こぶしをにぎりしめた。

でも、それをふりかざそうとしたとき、プランスが急《きゅう》に言《い》ったの。

「それにしても、不思議《ふしぎ》だ。なんで急《きゅう》に、マカロンをいっしょに食《た》べようなんて電話《でんわ》をかけてきたんだろう」

ふん、べつに不思議《ふしぎ》じゃないわよ。

ただカイに会《あ》いたかっただけなんじゃないの。

いったんはそう思《おも》ったんだけど、よく考《かんが》えてみたら、姫《ひめ》とカイとは初対面《しょたいめん》。

カイが来《く》るってことは、姫《ひめ》にはわからなかったはずよね。

はて？

「いつもマカロンを食《た》べるときに呼《よ》ばれてるんじゃないの」

私《わたし》が聞《き》くと、プランスは口《くち》の両《りょう》はじを下《さ》げた。

「いつもは、姫《ひめ》が1人《ひとり》で食《た》べてるよ。だって人《ひと》を呼《よ》んだら、自分《じぶん》のぶんが少《すく》なくなるじゃないか」

ああ、それってよくわかる。

私《わたし》も、おやつを1人《ひとり》じめするのが好《す》きなほうだもん。

「そもそも、あいつはゲーマーなんだ。ゲームが大好《だいす》きで。私《わたし》とは、まったく話《はなし》が合《あ》わない」

ああ、あのゴスロリ風《ふう》のファッションは、ゲームの影響《えいきょう》ってわけね。

きっと好《す》きなゲームのキャラで、あんなかっこうをしてるのがいるんだ。

で、自分《じぶん》なりのアレンジで、マカロンをつけている。

「『テイルズオブヴェスペリア』とか『テイルズオブハーツ』とかをやりながら、口《くち》にマカロンをくわえているときがいちばん幸《しあわ》せらしい」

ふん、ヘンタイ。

「だからよけい不思議《ふしぎ》なんだ。なんで今日《きょう》、わざわざ私《わたし》を呼《よ》んだのか」

私《わたし》も首《くび》をかしげた。

なんでだろう。

「これが、おばあさまの猫《ねこ》」

廊下《ろうか》の途中《とちゅう》にあるホールに入《はい》ったとき、私《わたし》たちの前《まえ》を歩《ある》いていた姫《ひめ》が、そう言《い》いながら立《た》ちどまった。

ホールの壁《かべ》には、1枚《まい》の絵《え》がかざってあった。

「血統書《けっとうしょ》つきのペルシャ猫《ねこ》よ」

楕円系《だえんけい》の金《きん》の額縁《がくぶち》の中《なか》に、猫《ねこ》の肖像画《しょうぞうが》が入《はい》っている。

まるで人間《にんげん》あつかい。

しかも、どアップ。

金色《きんいろ》の目《め》をした白《しろ》い毛《け》のかたまりのような猫《ねこ》で、首《くび》に大《おお》きな宝石《ほうせき》のついたペンダントをかけていた。

どう見《み》ても、生意気《なまいき》そう！

人間《にんげん》を甘《あま》く見《み》てるって感《かん》じだった。

「名前《なまえ》はマリー・アントワネットさま」

げっ！

「さままでが名前《なまえ》だから、まちがえないでね。ちゃんとさまをつけて、フルネームで呼《よ》ばないと、きげんを悪《わる》くするのよ。ひっかかれるから」

なんてゴーマンなっ！

「首《くび》にかけているのは、本物《ほんもの》のエメラルド。200カラットあるの。どのくらいの大《おお》きさかわかる？」

姫《ひめ》は、人《ひと》さし指《ゆび》と親指《おやゆび》で輪《わ》を作《つく》ってみせた。

「1カラットは、200ミリグラムなのよ。1ミリグラムは、1000分《ぶん》の1グラムでしょ」

うーん、重《おも》さの換算《かんさん》はニガテだぁ……。

「だから200カラットは、40グラムなの。ちょうど鶏《にわとり》の卵《たまご》の小《ちい》さいのくらい。このくらいよ」

私《わたし》は、頭《あたま》の中《なか》に鶏《にわとり》の卵《たまご》を思《おも》いうかべ、それがぜんぶエメラルドでキランキランに輝《かがや》いている様子《ようす》を想像《そうぞう》してみた。

す、て、き！

「首《くび》を回《まわ》したときにはずれないように特別《とくべつ》のネジで留《と》めて、鍵《かぎ》をつけてあるのよ。その鍵《かぎ》は、おばあさまが肌身《はだみ》はなさず持《も》っているの」

うーん、猫《ねこ》はどうでもいいけど、エメラルドには興味《きょうみ》がある。

「つける宝石《ほうせき》は曜日《ようび》によってちがうんだけど、いまはおばあさまが留守《るす》だからつけかえられなくって、旅行《りょこう》に出発《しゅっぱつ》する日《ひ》につけたダイヤモンドのまま。だからマリー・アントワネットさまは、ごきげんがよくないのよ」

そのダイヤモンドも、卵《たまご》ぐらいあるのかな、ワクワク。

マリー・アントワネットには会《あ》いたくないけど、大《おお》きなダイヤモンドは見《み》てみたい。

「あとでつれてきて紹介《しょうかい》するわ。いま、おやつを食《た》べてるとこだから」

姫《ひめ》にそう言《い》われて、私《わたし》は、おもわず聞《き》いてみた。

「おやつって、もしかしてマカロン？」

姫《ひめ》はようやく、はじめて私《わたし》のほうを見《み》た。

「そうよ。1日《にち》3回《かい》、そのつど30個《こ》食《た》べるの。うちには料理人《りょうりにん》がなん人《にん》もいて、その中《なか》にはお菓子《かし》を専門《せんもん》に作《つく》るパティシエもいるから、マリー・アントワネットさまの好《この》みにあわせて毎日《まいにち》マカロンを焼《や》いているのよ」

ううう、うらやましい。

私《わたし》、ここんちの猫《ねこ》になりたい、にゃ。

「でも最近《さいきん》、こまったことがあって」

言《い》いながら姫《ひめ》は、すぐにカイに視線《しせん》をもどした。

「この城《しろ》の中《なか》には、メイドや執事《しつじ》の部屋《へや》もあるんだけど、執事《しつじ》がやっぱり猫《ねこ》を飼《か》っているの。で、その猫《ねこ》がマリー・アントワネットさまとなかが悪《わる》くて、しじゅうケンカをするのよ。この間《あいだ》なんかひっかいたりかみついたりして、お医者《いしゃ》さんを呼《よ》んだくらいだったのよ」

はて、やられたのは、どっちだろう。

「さいわい、マリー・アントワネットさまは強《つよ》いから、ケガをせずにすんだけど」

やっぱり、ねえ……。

「おばあさまの留守中《るすちゅう》に、マリー・アントワネットさまにもしものことがあったら、私《わたし》、怒《おこ》られちゃう」

もしものことなんて、たぶん、ないよ。

そう思《おも》いながら私《わたし》は、自信《じしん》まんまんな顔《かお》をしている猫《ねこ》マリー・アントワネットの肖像画《しょうぞうが》を見《み》あげた。

だって、こいつ、どっからでもこいって顔《かお》してるじゃん。

こんな自信《じしん》まんまんな猫《ねこ》にむかって戦《たたか》いを挑《いど》む猫《ねこ》って、ちょっといないと思《おも》う。

ひょっとして執事《しつじ》の猫《ねこ》とのケンカって、正《ただ》しくはケンカじゃなくて、いじめなんじゃないの。

執事《しつじ》の猫《ねこ》が、マリー・アントワネットにいじめられてんのよ、きっと。

まだ見《み》たことのない執事《しつじ》の猫《ねこ》に私《わたし》が同情《どうじょう》していたそのとき、廊下《ろうか》のむこうから足音《あしおと》がした。

だれかがこっちに走《はし》ってくる。

「お嬢《じょう》さま」

廊下《ろうか》の角《かど》をまがって中年《ちゅうねん》の男《おとこ》の人《ひと》が姿《すがた》を見《み》せ、あわてた様子《ようす》で私《わたし》たちのほうまでやってきた。

「マリー・アントワネットさまと、私《わたし》のシフォンが、またケンカを」

それ、ケンカっていうより、いじめだってば。

「執事《しつじ》、おまえ」

姫《ひめ》は、目《め》を光《ひか》らせてその男《おとこ》の人《ひと》をにらんだ。

「あれほどシフォンを閉《と》じこめておきなさいと言《い》ったのに、はなしておいたの？　ダメじゃないの」

あーあ、自由《じゆう》に歩《ある》くこともできないんだ。

かわいそうすぎる。

私《わたし》がため息《いき》をついていると、カイがこっそりと私《わたし》の耳《みみ》にささやいた。

「執事《しつじ》の猫《ねこ》の名前《なまえ》、シフォンっていうらしいけど、あんまりだよな」

え、どうしてさ。

シフォンケーキのシフォンでしょ？

すてきだと思《おも》うけど。

私《わたし》がきょとんとしていると、プランスが冷《つめ》たい目《め》を私《わたし》にむけた。

「シフォンというのは、フランス語《ご》で『ぞうきん』、もしくは『ボロ布《ぬの》』という意味《いみ》だ」

ひえぇぇ……。

《マリー・アントワネットさま》と《ぞうきん》じゃ、あまりにもちがいすぎる。名《な》は体《たい》をあらわすって言《い》うから、同《おな》じ猫《ねこ》でも2匹《ひき》の間《あいだ》には天《てん》と地《ち》の開《ひら》きがあるのね。

シフォン、かわいそう。

私《わたし》、めぐまれないものの味方《みかた》よ。

「マリー・アントワネットさまがケガをしたらたいへん。おばあさまに怒《おこ》られるわ。マリー・アントワネットさまは、無事《ぶじ》？」

あわてて聞《き》いた姫《ひめ》に、執事《しつじ》はこまったようにうつむいた。

「それが……」

え、無事《ぶじ》じゃないの？

やったっ！

たまには、負《ま》ける悲《かな》しみを味《あじ》わうがいいのよ。

「シフォンにケガをさせて」

なに、シフォンがケガ？

そりゃ、いかん。

「シフォンなんか、どうだっていいわ。マリー・アントワネットさまの容態《ようだい》はっ？」

姫《ひめ》がどなると、執事《しつじ》はますます肩《かた》をすぼめ、消《き》えいらんばかりの声《こえ》でつぶやいた。

「ケガは、してないと思《おも》います」

ちっ、また勝《か》ったのか。

「でも、窓《まど》から飛《と》びだしていってしまったんです」

姫《ひめ》は、執事《しつじ》の胸《むな》もとをつかみあげる。

「どこに行《い》ったのよ」

執事《しつじ》は、首《くび》を横《よこ》にふった。

「それが……あたりを探《さが》してみたんですが、いないんです」

あら、家出《いえで》ね。

ま、心配《しんぱい》することもないんじゃないの。

私《わたし》は、せいせいした気分《きぶん》で、マリー・アントワネットの肖像画《しょうぞうが》を見《み》あげた。

こんなにふてぶてしい顔《かお》してるんだもの。

どこに行《い》っても、のさばって生《い》きていくに決《き》まっている。
かわいい子《こ》には旅《たび》をさせろって、言《い》うじゃない。
世《よ》の中《なか》ってもんがよくわかって、少《すこ》しはつつましくなって帰《かえ》ってくるかもね。
なんて考《かんが》えていて、はっとした。
肖像画《しょうぞうが》のマリー・アントワネットが首《くび》にしているヒモのような首輪《くびわ》の色《いろ》は、白《しろ》。
しかも今日《きょう》はダイヤモンドをしているって言《い》ってたっけ。
ということは、首輪《くびわ》の一部《いちぶ》がきらきら光《ひか》るってこと。
おまけに体《からだ》は白《しろ》くて、毛《け》が長《なが》くて、遠《とお》くからだと毛玉《けだま》みたいに見《み》える。
こ、これって、もしかして、さっきのだぁっ！
私《わたし》、マリー・アントワネットが逃《に》げてくのを見《み》たんだ。
「探《さが》すのよっ！　どこの窓《まど》から逃《に》げたの？　案内《あんない》しなさい」

6 猫《ねこ》たちの大《おお》ゲンカ

さきに立《た》つ執事《しつじ》のあとを姫《ひめ》が追《お》いかけ、私《わたし》たちもその後《うし》ろに続《つづ》いた。

体中《からだじゅう》からぶら下《さ》がっているマカロンをブランブランと揺《ゆ》らしながら走《はし》っていく姫《ひめ》の姿《すがた》は、ちょっと笑《わら》えるものだった。

「ね、さっき私《わたし》が見《み》たの、マリー・アントワネットだったと思《おも》うんだけど」

走《はし》りながら私《わたし》は、カイの腕《うで》をつついた。

「突然《とつぜん》だったから、ちょっとしか見《み》えなかったけど、肖像画《しょうぞうが》と同《おな》じ白《しろ》い毛《け》のかたまりで、白《しろ》いヒモのような首輪《くびわ》をしてて、すごく光《ひか》ってたもん」

カイはうなずいた。

「時間的《じかんてき》に考《かんが》えても、ありうるよな」

私《わたし》たちのさきを走《はし》っていた執事《しつじ》が廊下《ろうか》をまがり、つき当《あ》たりの部屋《へや》をさす。

「あそこです」

ドアが開《あ》けっぱなしになっていた。

「いつものように、ここでシフォンに食事《しょくじ》をさせていたら、急《きゅう》にマリー・アントワネットさまが入《はい》ってきて、シフォンに飛《と》びかかったんです」

あ、バカみたい。

いくらシフォンを閉《と》じこめておいたって、マリー・アントワネットを野《の》ばなしにしておいたら、意味《いみ》ないじゃん。

「マリー・アントワネットも、閉《と》じこめておくべきだったよね」

私《わたし》がそう言《い》うと、姫《ひめ》がものすごい顔《かお》でこちらをふり返《かえ》った。

「さまをつけなさいってば。それに、マリー・アントワネットさまを閉《と》じこめることなんかできないのよ。そんなことしたら、ストレスで毛《け》のつやが悪《わる》くなっちゃうじゃない。繊《せん》細《さい》なのよ。高貴《こうき》な血筋《ちすじ》なんだから」

けっ。

「どうぞ、お入《はい》りください。散《ち》らかしておりますが」

執事《しつじ》に言《い》われて部屋《へや》の中《なか》に踏《ふ》みこむと、中《なか》はひどくあらされていた。

椅子《いす》が倒《たお》れ、デスクマットが床《ゆか》に落《お》ち、花瓶《かびん》は倒《たお》れて割《わ》れ、ベッドカバーはずり落《お》ち、

じゅうたんはメチャクチャにひっかかれている。

で、床《ゆか》の上《うえ》に黒《くろ》い猫《ねこ》が1匹《ぴき》、くたっとして横《よこ》たわっていたの。

執事《しつじ》が歩《あゆ》みよって抱《だ》きあげても、ぐったりしたままで、

まるで汚《よご》れたぞうきんみたいだった。

これがシフォンにちがいない。

マリー・アントワネットにいたぶられたんだ。

かわいそうに……。

「シフォンは、気《き》を失《うしな》っているみたいで」

執事《しつじ》が腕《うで》の中《なか》のシフォンをなでながら言《い》うと、

姫《ひめ》は目《め》をつりあげた。

「その低級猫《ていきゅうねこ》のことは、どうでもいいったら」

ひどいっ！

「マリー・アントワネットさまは、どの窓《まど》から逃《に》げたの」

姫《ひめ》に聞《き》かれて、執事《しつじ》は、いちばんはじの、壁《かべ》ぎわの窓《まど》をさした。

「あそこが開《ひら》いていましたので」

みんながそこに歩《あゆ》みよる。

窓《まど》のむこうは、花壇《かだん》と並木《なみき》だった。

でも敷地《しきち》が広《ひろ》すぎて、門《もん》までは見《み》えない。

車《くるま》で何分《なんぷん》もかかるような距離《きょり》だもんねぇ。

「おい、スズ」

カイが私《わたし》をこづいた。

「おまえ、見《み》たんだろ。猫《ねこ》が逃《に》げるところ」

ああ、そういえばそうだった。

私《わたし》はあわてて、姫《ひめ》のそばによった。

「あの、私《わたし》、マリー・アントワネットを見《み》かけました」

姫《ひめ》は、かみつきそうな顔《かお》をして私《わたし》を見《み》た。

「さまをつけなさいって、何度《なんど》言《い》ったらわかるの。無礼者《ぶれいもの》」

ふん。

「で、どこで見《み》たのよ」

私《わたし》は話《はな》しだそうとして、言葉《ことば》につまった。

どこって言《い》われても、なぁ……。

それで一生懸命《いっしょうけんめい》あれこれと考《かんが》えてから、こう言《い》った。

「えっと場所《ばしょ》は玄関《げんかん》の前《まえ》で、あっちからこっちに走《はし》っていったんだけど、どこ行《い》ったのかはわからない」

瞬間《しゅんかん》、カイが私《わたし》の頭《あたま》をぺちっとたたいた。

「それじゃ、なんの手《て》がかりにもならないじゃないか」

わーん、ぶつなっ!

一瞬《いっしゅん》だったんだから、しょーがないじゃないのよ。

「お嬢《じょう》さまにおしらせする前《まえ》に」

執事《しつじ》がもうしわけなさそうな声《こえ》で言《い》った。

「庭《にわ》はもちろん、門《もん》のほうまでぜんぶ探《さが》したんですが、どこにもいませんでした」

姫《ひめ》は窓辺《まどべ》のサッシに手《て》をおいて、心配《しんぱい》そうにあたりを見《み》まわす。

「じゃ、きっと外《そと》に出《で》てしまったんだわ。どうしよう。おばあさまになんて言《い》おう。あと3日《みっか》で上海《シャンハイ》から帰《かえ》ってくるのに」

執事《しつじ》は、シフォンを抱《だ》きしめたままうなだれた。

「大奥《おおおく》さまには、私《わたし》からあやまります。私《わたし》のせいですから」

プランスが腕《うで》をくみ、壁《かべ》によりかかりながら言《い》った。

「あやまっても、すまないと思《おも》うよ。ものすごく大事《だいじ》にしていたから、きっとショックで体調《たいちょう》をくずすだろう」

そりゃたいへんだ。

年寄《としよ》りが体調《たいちょう》をくずしたら、生死《せいし》にかかわるじゃん。

えーい、マリー・アントワネットは気《き》に食《く》わないけど、プランスのおばあさんのために、力《ちから》をかそう。

「カイ、どうしたらいいと思《おも》う？」

私《わたし》が聞《き》くと、カイはちょっと眉根《まゆね》をよせた。

「家出人《いえでにん》とちがって、警察《けいさつ》じゃ力《ちから》になってくれないしね。やっぱりはり紙《がみ》しかないかも。特徴《とくちょう》を描《か》いて電柱《でんちゅう》にはりだしたり、この近《ちか》くの町内会《ちょうないかい》に配《くば》ってみんなから情報《じょうほう》を集《あつ》めるんだ」

姫《ひめ》がため息《いき》をつく。

「じゃ、みんなで手《て》わけしてはり紙《がみ》を……」

そこまで言《い》ったとき、壁《かべ》によりかかっていたプランスが体《からだ》をおこした。

「必要《ひつよう》ないね。猫《ねこ》は、敷地内《しきちない》にいるよ」

えーっ！

どうして、なぜ、どーいうわけでっ？

「あら、探《さが》したけどいなかったって執事《しつじ》が言《い》ったばかりじゃないの。聞《き》いてなかったの」

姫《ひめ》がそう言《い》うと、プランスは静《しず》かにほほえんだ。

「かならず、いる」

まるで宣言《せんげん》でもするかのように、きっぱりとした言《い》い方《かた》だった。

「よく探《さが》せば、見《み》つかるはずだ」

執事《しつじ》はちょっと顔《かお》を赤《あか》らめた。

「私《わたし》の探《さが》し方《かた》が、悪《わる》いとおっしゃるのですか？」

あーあ、スネちゃった。

はやく、あやまったほうがいいよ。

相手《あいて》は大人《おとな》なんだから、子《こ》どもにバカにされたら、そりゃふゆかいになるよ。

私《わたし》は、はらはらしてプランスを見《み》つめた。

ところがプランスは、涼《すず》しい顔《かお》でこう言《い》ったのだった。

「たぶんきみの言《い》うとおりだよ。探《さが》し方《かた》が悪《わる》いんだ」

執事《しつじ》はムッとしたような表情《ひょうじょう》で、プランスにむきなおった。

「でも本当《ほんとう》によく探《さが》したんですよ、庭《にわ》のすみからすみまで」

プランスは、鼻《はな》のさきでかるく、ふふんと笑《わら》った。

「確実《かくじつ》にいるものを見《み》つけられないわけだから、探《さが》し方《かた》が悪《わる》いと言《い》うしかないよ」

その言《い》い方《かた》は挑戦的《ちょうせんてき》で、まるで人《ひと》の気持《きも》ちを逆《さか》なでするのを喜《よろこ》んでいるかのようだった。

執事《しつじ》は、大激怒《だいげきど》っ！

シフォンを抱《だ》いて部屋《へや》から出《で》ていってしまった。

「おい、プランス、まずいんじゃないの」

カイがそう言《い》ったけど、プランスはまるで平気《へいき》。

人《ひと》を怒《おこ》らせてもまるっきり気《き》にしないって、やっぱ王子《おうじ》だからかなぁ。

「ねえ、どうして敷地内《しきちない》にいるなんて言《い》えるの？」

姫《ひめ》がそう言《い》ったけれど、私《わたし》も同《おな》じ気持《きも》ちだった。

「自分《じぶん》で探《さが》してみたわけでもなく、庭《にわ》を歩《ある》いてみたわけでもないのに。どうしてわかるのよ」

プランスはゆっくりと腕《うで》ぐみをとき、窓辺《まどべ》に歩《あゆ》みよった。

「この敷地《しきち》をとりかこんでいる塀《へい》」

言《い》いながら庭《にわ》のまわりを指《ゆび》さす。

「3メートル以上《いじょう》ある」

私《わたし》は、並木《なみき》のむこうに見《み》えている塀《へい》に目《め》をやった。

うん、ありそう。

「そして逃《に》げた猫《ねこ》は、さっきの肖像画《しょうぞうが》から見《み》ると、かなり太《ふと》っている」

そりゃ、1日《にち》にマカロンを90個《こ》も食《た》べてたら、当然《とうぜん》メタボ猫《ねこ》よ。

「洋菓子《ようがし》は、だいたいカロリーが高《たか》い。マカロンも同《おな》じだ。太《ふと》らないはずがない」

そう言《い》いながらプランスは、ちらっと私《わたし》を見《み》たの。

なぜっ！

その視線《しせん》は、どーいう意味《いみ》っ？

私《わたし》、まだごちそうになってないわ。

話《はなし》を聞《き》いただけよ。

その猫《ねこ》が食《た》べているくらい、食《た》べてみたいって思《おも》っただけよ。

「あの肖像画《しょうぞうが》の姿《すがた》から察《さっ》して、あの猫《ねこ》の足《あし》には、3メートルを超《こ》える塀《へい》に飛《と》びあがる力《ちから》はない。というか、自分《じぶん》の体重《たいじゅう》をそれだけ持《も》ちあげられない。だから塀《へい》を越《こ》えられない。よって敷地内《しきちない》にいるんだ」

なるほどっ！

私《わたし》はすっかり感心《かんしん》してしまった。

やっぱり、プランスは天才《てんさい》だ。

「探《さが》せば、どこかにいるはずだ」

そう言《い》いながらプランスは、ふっと顔《かお》をくもらせた。

「はやくしたほうがいいな」

え……なぜ？

「それからこの城《しろ》を封鎖《ふうさ》して、だれも出《で》ていけないようにしておかないとまずい」

それはまた、どーしてっ！

「やだ、プランスったら」

姫《ひめ》が高《たか》い笑《わら》い声《ごえ》をたてた。

「オーバーね。そりゃマリー・アントワネットさまは高貴《こうき》な猫《ねこ》だけど、封鎖《ふうさ》までしなくてもいいんじゃないの」

瞬間《しゅんかん》、プランスはその目《め》に、切《き》れるような光《ひかり》をうかべた。

「いや、猫《ねこ》の問題《もんだい》じゃない」

セルリアン・ブルーの瞳《ひとみ》がドキリとするくらい冷《つめ》たく、あざやかにきらめいた。

「とにかく、そうしてくれ。猫《ねこ》のためにもだ」

あまりにも真剣《しんけん》な顔《かお》だったので、だれも反対《はんたい》できなかった。

「まあ、なんだかこわい」

姫《ひめ》が顔《かお》をこわばらせて、カイのそばに近《ちか》づいた。

「カイ」

そう言《い》いながら、しっかりとカイの手《て》をにぎりしめる。

「マリー・アントワネットさまを守《まも》ってほしいの。おねがい」

えーい、いきなり2人《ふたり》きりの世界《せかい》を作《つく》ろうとするなっ！

「わかったけど」

カイは少《すこ》しヒキぎみに答《こた》えた。

「とにかくプランスの言《い》うとおり、はやく城《しろ》の出入《でい》りを禁《きん》じたほうがいいんじゃない？

それでみんなで探《さが》そうよ」

それで、姫《ひめ》はあわてて使用人《しようにん》を全員《ぜんいん》、ホールに呼《よ》び集《あつ》めたのだった。

「みなさんに集《あつ》まってもらったのは、マリー・アントワネットさまのことで、です」

メイドから料理人《りょうりにん》、庭師《にわし》、お医者《いしゃ》さん、お掃除《そうじ》のおばさん、ガードマンまで、さっきの執事《しつじ》も入《い》れてぜんぶで20人《にん》いた。

「マリー・アントワネットさまがどこかに行《い》ってしまったの。だれか、城《しろ》の中《なか》や庭《にわ》で見《み》かけなかった？」

まず、そう聞《き》いたんだけど、みんな、首《くび》を横《よこ》にふるばかり。

私《わたし》はなにげなくその様子《ようす》を見《み》ていて、んっ？　と思《おも》った。

使用人《しようにん》の中《なか》で1人《ひとり》、妙《みょう》な笑《え》みをうかべた人《ひと》がいたのよ。

ほんの一瞬《いっしゅん》だったけど、たしかに笑《わら》った。

それは、数人《すうにん》いるメイドのうちの1人《ひとり》で、いちばん若《わか》い人《ひと》だった。

まだ高校生《こうこうせい》か、高校《こうこう》を卒業《そつぎょう》したばかりって感《かん》じで、長《なが》い髪《かみ》をポニーテールにむすんでいて、けっこうかわいい顔《かお》をしていた。

でも、この反応《はんのう》ってなんなんだろう。

そう思《おも》ってじっと見《み》ていると、目《め》があった。

とたんにその人《ひと》は、ひどくあわてたような顔《かお》をして視線《しせん》をそらせたのだった。

う〜む、怪《あや》しい。

「やっぱり外《そと》に逃《に》げたんですよ」

執事《しつじ》は、あいかわらず言《い》いはっていた。

「敷地内《しきちない》にいるなら、だれかが見《み》ているはずです。それに今日《きょう》は、まだおやつも食《た》べていないし、マリー・アントワネットさまは、地面《じめん》を歩《ある》くよりじゅうたんの上《うえ》のほうが好《す》きですから、敷地内《しきちない》にいるなら絶対《ぜったい》に城《しろ》の中《なか》に入《はい》ってくるはずです」

使用人《しようにん》たちも、うなずきあう。

あの、怪《あや》しい若《わか》い女性《じょせい》もしきりと首《くび》をたてにふった。

それは、私《わたし》もたしかにそうだと思《おも》う。

姫《ひめ》も同《おな》じ意見《いけん》だったらしく、ちらっとプランスのほうを見《み》ながら言《い》った。

「そうよ、ね。プランス、どう？」

ところがプランスは、静《しず》かだけれども強《つよ》い声《こえ》できっぱりと答《こた》えたのだった。

「かならず、敷地内《しきちない》にいる」

あーあ、言《い》いだしたらきかないもんねぇ……。

「ということなので」

姫《ひめ》がため息《いき》をつきながら言《い》った。

「みんなで協力《きょうりょく》して探《さが》してみてちょうだい。見《み》つかるまで、だれもこの城《しろ》から出《で》ないように」

カイが私《わたし》の耳《みみ》にささやく。

「ってことは、僕《ぼく》たちも帰《かえ》れないってことだよな」

あ、そうだ。

「ま、春休《はるやす》みだからいいけどさ」

それもそうね。

「カイ」

姫《ひめ》が極上《ごくじょう》の笑顔《えがお》をうかべてカイを見《み》た。

「お家《うち》のかたには、うちの執事《しつじ》から連絡《れんらく》をさせるから心配《しんぱい》しないで。私《わたし》の部屋《へや》のとなりに、すてきな客室《きゃくしつ》があるの。カイはそこでゆっくりしていってね。あ、プランスは、いつも泊《と》まる部屋《へや》でいいでしょ。そっちのあなたは」

え、私《わたし》？

「そうよ。塔《とう》の中《なか》でいいわよね。あなたでも大丈夫《だいじょうぶ》なような、幅《はば》の広《ひろ》いベッドがあるのはそこだけなのよ」

くっそ、言《い》い方《かた》が気《き》に入《い》らない。

7 マカロンだらけの部屋《へや》

と、私《わたし》は思《おも》ったけれど、じっさい、案内《あんない》してもらったら、そこがいちばんましだった。

なにしろ姫《ひめ》の部屋《へや》ときたら、カーテンもじゅうたんも壁紙《かべがみ》も、ぜんぶがマカロン模様《もよう》だし、家具《かぐ》のあちらこちらからはマカロンがぶら下《さ》がっていて、窓辺《まどべ》には、観葉植物《かんようしょくぶつ》のかわりにマカロンを積《つ》みあげて作《つく》ったマカロンツリーがいくつもおいてあるの。

まるで落《お》ちつかない。

でも、いちばんの問題《もんだい》は、

「このお部屋《へや》、かわいいでしょう」

姫本人《ひめほんにん》が、マカロンを最高《さいこう》の装飾《そうしょく》だと思《おも》っていること、だった。

「夏《なつ》になったら夏用《なつよう》のマカロン、冬《ふゆ》には冬用《ふゆよう》のマカロンにとりかえるの」

だから当然《とうぜん》、大事《だいじ》なお客《きゃく》さまの部屋《へや》も、その最高《さいこう》のマカロンでかざられているってわけ。

ベッドの上《うえ》においてあるパジャマまで、マカロン柄《がら》。

そこに泊《と》まることになったカイは、がっくりと肩《かた》を落《お》とした。

なんだかかわいそうな気《き》もするけれど、笑《わら》いだしたいような気《き》もして、私《わたし》は複雑《ふくざつ》な気分《きぶん》

だった。

プランスの部屋《へや》というのは、パソコンやスクリーンがあり、ガラスばりの実験室《じっけんしつ》がついていて、これまた落《お》ちつかない。

私《わたし》の部屋《へや》だけが、ふつうだった。

でも、お城《しろ》のはじっこで、暗《くら》くてせまいんだけどね。

「では全員《ぜんいん》で、お城《しろ》の中《なか》と、敷地内《しきちない》を探《さが》しましょう」

姫《ひめ》の命令《めいれい》で、みんなで城《しろ》とそのまわりを歩《ある》きまわってマリー・アントワネットを探《さが》した。

しげみの中《なか》や、物置《ものおき》なんかはもちろん、使用人《しようにん》の部屋《へや》も、姫《ひめ》の部屋《へや》も、これ以上《いじょう》見《み》ると
ころはないってくらいぜ～んぶ見《み》たのよ。

ところがどこをどれだけ探《さが》しても、どこにも見《み》つからなかった。

「だから、外《そと》に逃《に》げたって言《い》ってるんですよ」

執事《しつじ》はとくいげだったけど、プランスは平然《へいぜん》として自分《じぶん》の主張《しゅちょう》を曲《ま》げなかった。

「かならず、いる」

私《わたし》は、カイと顔《かお》を見《み》あわせた。

「これだけ探《さが》しても見《み》つからないのは、やっぱ外《そと》に出《で》ちゃったからなんじゃないの」

「ん、プランスってけっこう、ガンコだからな」

あらゆる場所《ばしょ》を探《さが》しつくして、もう探《さが》すところがなくなって、時間《じかん》もちょうど夕食《ゆうしょく》タイムになったので、食堂《しょくどう》で夕食《ゆうしょく》が出《だ》された。

「私《わたし》のお気《き》に入《い》りの食器《しょっき》セットで、ごちそうするわ」

そう聞《き》いて、すっごくいやな予感《よかん》がしていたんだけど、いざテーブルについたら、やっぱり！

お皿《さら》もカップもコップも、ぜ〜んぶにマカロンがついていた。

うぇえ……。

デザートはもちろん、言《い》わずとしれたマカロン。

「12種類《しゅるい》のクリームを使《つか》って作《つく》った、12色《しょく》のマカロンよ。どうぞ」

おいしかったけどね。

でも、目《め》に見《み》えるのもマカロン、口《くち》から入《はい》るのもマカロン、鼻《はな》でかぐのもマカロン、みごとなマカロン3点《てん》セット。

もうしばらくマカロンはいらない、と思《おも》った私《わたし》だった。

とりあえず、出《で》てるぶんはみんな食《た》べたけど……。

「スズなんか、まだいいよ」

カイがささやき声《ごえ》でぼやく。

「僕《ぼく》なんか、部屋《へや》に帰《かえ》れば、またマカロンなんだぜ」

お気《き》の毒《どく》……。

「1日《にち》でもはやく、ここからひきあげたい。プランス、いいかげんで意地《いじ》をはるのはやめろよ。とにかく城《しろ》の中《なか》にも、庭《にわ》にもいないんだから、猫《ねこ》は外《そと》に逃《に》げたってことでいいじゃないか」

プランスは、なにかを考《かんが》えこんでいる様子《ようす》で、口《くち》をつぐんだままだった。

身動《みうご》きもせず、じっと目《め》の前《まえ》の空中《くうちゅう》を見《み》すえているその横顔《よこがお》は、彫像《ちょうぞう》のように整《ととの》っていて美《うつく》しく、私《わたし》はまたも見《み》とれてしまった。

プランスって、ほんと、きれいだぁ……。

でもカイは、プランスが答《こた》えないのでイラッとしたらしく、ちょっとイヤミっぽくつぶやいた。

「それともきみが研究中《けんきゅうちゅう》のメタマテリアルのマントでもかぶって透明猫《とうめいねこ》になっているとか、かな」

あーあ、なんか、空気《くうき》をかえたほうがいいかも。

そう考《かんが》えながら私《わたし》は、12個《こ》めのマカロンを口《くち》に入《い》れた。

さくっとした舌《した》ざわりと、とろける甘《あま》さを味《あじ》わいながら、これを1日《にち》90個《こ》も食《た》べていたら宿命的《しゅくめいてき》にメタボだよなあ、なんて思《おも》った瞬間《しゅんかん》、すばらしいアイディアがうかんだのだった。

「ねえ、こうしたらどう」

私《わたし》は意気《いき》ようようと、テーブルをかこんでいるみんなを見《み》まわした。

「今日《きょう》は、マリー・アントワネットはまだマカロンを食《た》べてないんでしょ。だったら、マカロンをエサにして誘《さそ》いだせばいいんじゃない？　絶対《ぜったい》、出《で》てくると思《おも》うけど」

「いいアイディアだ」

そう言《い》ったのは、それまで黙《だま》りこんでいたプランスだった。

ほめてくれたのかと思《おも》って、私《わたし》はニッコリしてプランスを見《み》た。

すると、つきさすような目《め》でにらまれた。

「おまえがやれ」

ほうり投《な》げるように言《い》ってプランスは、立《た》ちあがった。

「カイ、ちょっと来《こ》い」

そうしてカイの肩《かた》を抱《だ》きよせて、なにやらささやきながら2人《ふたり》で食堂《しょくどう》から出《で》ていってしまったのよ。

あとに残《のこ》された私《わたし》は、あぜん……。

いったいなんなの、どーしたっていうのよ。

「ちょっと」

姫《ひめ》のきつい声《こえ》がひびいた。

「マリー・アントワネットさま、そこまでが名前《なまえ》だって、何度《なんど》言《い》ったらわかるの。さまよ、さま。今度《こんど》、さまをつけなかったら、食事《しょくじ》をぬいて、部屋《へや》から追《お》いだすからね。庭《にわ》で寝《ね》るのよ」

うわーん。

8 マリー・アントワネットのゆくえ

私《わたし》はわたり廊下《ろうか》をとおって、とぼとぼとそのむこうにある自分《じぶん》の部屋《へや》にむかった。

あのとき、プランスがほめてくれたように聞《き》こえたのは、じつは皮肉《ひにく》で、本当《ほんとう》はプランスはイライラするほどバカなアイディアだと思《おも》っていたんだ、きっと。

そう考《かんが》えると、気持《きも》ちが沈《しず》んだ。

だって私《わたし》は、すごくいいと思《おも》ったんだもの。

最高《さいこう》！　とすら思《おも》ったんだから。

でもそれって、ひとりよがりだったんだよね、くすん……。

プランスみたいな天才《てんさい》から見《み》たら、私《わたし》って足手《あしで》まといに見《み》えるんだろうな。

だから、カイだけさそって行《い》っちゃったんだ。

「どうした。マカロンの食《た》べすぎで腹《はら》でも痛《いた》いのか」

ふり返《かえ》ると、庭《にわ》の桜《さくら》の木《き》の下《した》にカイが立《た》っていた。

開《ひら》きかけの花《はな》のついた枝《えだ》がカイの近《ちか》くまでたれて、その顔《かお》にピンクの影《かげ》をなげている。

夜《よる》の闇《やみ》の中《なか》にとけこんで見《み》えるこげ茶色《ちゃいろ》の幹《みき》には、プランスがよりかかっていた。

「医者《いしゃ》にみてもらったらどうだ。もっともここには動物《どうぶつ》の医者《いしゃ》しかいないみたいだけど」

失礼《しつれい》ね。

私《わたし》はペットじゃないわよ。

「ねえ、プランス、どうしてマカロンでさそうっていうアイディアじゃ、ダメなの」

桜《さくら》の木《き》に近《ちか》よりながら私《わたし》が言《い》うと、プランスはちょっとため息《いき》をついた。

まるで、ちぇっ、ものわかりが悪《わる》いんだからと言《い》っているみたいで、私《わたし》は傷《きず》ついた。

でも、どうせバカにされるのなら、理由《りゆう》をきちんと聞《き》いておいたほうがいいと思《おも》ったのよ。

そうすれば、次《つぎ》のときには、バカにされないようにすることができるもの。

それこそ、進歩《しんぽ》ってもんだわ。

そうやって一歩一歩《いっぽいっぽ》進《すす》んでいけば、私《わたし》だってバカにされない人間《にんげん》になれるはずっ！

「はっきり教《おし》えてよ」

プランスは、かるく首《くび》を横《よこ》にふった。

はちみつ色《いろ》の髪《かみ》が夜《よる》の中《なか》でさらっと乱《みだ》れて、金《きん》の糸《いと》をふりまいたみたいに見《み》えた。

「ダメじゃないよ」

いったんそう言《い》ってから、つけくわえる。

「ただマヌケなだけだ」

なんでよっ！

「これだけ探《さが》してもいないとなったら、マカロンでさそったってムダだ。マヌケなことはしないほうがいい」

私《わたし》は、ちょっとむきになった。

「だって敷地内《しきちない》にいるって言《い》ったのは、プランスじゃない。だからマカロンでさそおうと思《おも》ったのに」

プランスは、冷《ひ》ややかな視線《しせん》をカイに流《なが》した。

「こいつに、わかるように話《はな》してやってくれ」

カイが笑《わら》って私《わたし》の前《まえ》に身《み》をかがめ、顔《かお》をのぞきこむ。

「プランスの考《かんが》えでは、猫《ねこ》は敷地内《しきちない》にいる。だが、いくら探《さが》しても、どこにもいない。そうだろ？」

私《わたし》は、うなずいた。

「いるはずなのに、いない。なぜだと思《おも》う？」

それがわかりゃ、苦労《くろう》しないわよ。

「だれかが、かくしているからさ」

えっ⁉

「だからマカロンでさそっても、ムダってわけなんだ。猫《ねこ》は自由《じゆう》に動《うご》けないんだよ、きっと」

それはなぜっ？

私《わたし》が目《め》をまんまるにしていると、プランスがうっすらと笑《わら》った。

「あの猫《ねこ》の首《くび》には、宝石《ほうせき》がついているからな」

あっ！　ということは、ただの猫《ねこ》の脱走《だっそう》じゃなくて、宝石《ほうせき》めあての拉致《らち》ってこと⁉

私《わたし》は、がぜん色《いろ》めきたった。

だっていままでふつうのできごとだったものが、突然《とつぜん》、事件《じけん》になったんだもの。

「プランスがこの城《しろ》を封鎖《ふうさ》させたのは、犯人《はんにん》を逃《に》がさないためなのね」

うれしいなっ。

これで取材《しゅざい》ができる、小説《しょうせつ》が書《か》けるっ！

「犯人《はんにん》を外《そと》に出《だ》さないためでもあるが、猫《ねこ》を持《も》ちださせないためでもある。宝石《ほうせき》は、鍵《かぎ》がなければ猫《ねこ》の首《くび》からはずれない。となると犯人《はんにん》が、猫《ねこ》ごと城《しろ》の外《そと》につれだして切断《せつだん》する可《か》能性《のうせい》がある」

ぎくっ！

そんな、恐《おそ》ろしいこと……。

私《わたし》は、息《いき》をつめた。

でもこわいもの見《み》たさで、ついつい聞《き》いてしまったの。

「あの〜、切断《せつだん》するというのは、首輪《くびわ》のこと？　それとも……」

するとプランスは、その目《め》をものすごく鋭《するど》くしてこちらを見《み》た。

「くだらんことを聞《き》くな。どちらでも、お好《この》みしだいだ。どっちがいいんだ」

うっ、ごめんなさい。

「おまけに、その手《て》はなんだ。なぜメモをとっている？」

あら、手《て》が自然《しぜん》に……。

きっと本能《ほんのう》よ、作家《さっか》の本能《ほんのう》なのよ。

「スズ」

カイが私《わたし》の頭《あたま》に手《て》を載《の》せて、くるっと自分《じぶん》のほうにむけた。

「人《ひと》の話《はなし》を聞《き》くときには、真剣《しんけん》に」

えっと、メモをとるのが、私《わたし》のいちばん真剣《しんけん》な態度《たいど》なんだけどな。

「ふざけてると、話《はな》してるほうがいやな気持《きも》ちになるだろ」

まあ……うん。

「メモをしまえ。はやく」

しかたなく私《わたし》は、ポシェットの中《なか》にメモ帳《ちょう》を押《お》しこんだ。

「さてと。問題《もんだい》は、だれが猫《ねこ》をかくしてるかってことだよな」

カイが腕《うで》をくんで、空《そら》をあおぐ。

「執事《しつじ》の部屋《へや》から逃《に》げだした猫《ねこ》を、スズが見《み》ているだろ」

うん。

「ということは、スズが見《み》たそのあと、猫《ねこ》を見《み》かけただれかが、つかまえてかくしたってことだよな」

うん、うん。

「それからもう1つ、わからないのは猫《ねこ》のかくし場所《ばしょ》だ。城中《しろじゅう》の部屋《へや》という部屋《へや》は、もうぜんぶ探《さが》したし、庭《にわ》も見《み》たじゃないか。いったいどこにかくしてるんだろう」

う〜ん……。

カイと私《わたし》が顔《かお》を見《み》あわせていると、プランスが提案《ていあん》した。

「猫《ねこ》の逃走経路《とうそうけいろ》をじっさいに歩《ある》いてみよう。逃《に》げた部屋《へや》からスズが見《み》かけた場所《ばしょ》まで」

それがいいっ！

なにかわかるかもしれないもんね。

「スズっ、メモを出《だ》すなっ！」

あら、バレた。

9
真夜中《まよなか》の探険《たんけん》

私《わたし》たち3人《にん》は、夜《よる》の庭《にわ》をとおりぬけて、まず執事《しつじ》の部屋《へや》の窓《まど》のところまで行《い》った。

もう10時《じ》をすぎていて、あたりはまっくら。

ところどころにある水銀灯《すいぎんとう》が、小道《こみち》や並木《なみき》をぼんやりと照《て》らしていた。

こんなにおそい時間《じかん》に外《そと》を歩《ある》くのははじめてだったけれど、私《わたし》はカイとプランスにはさまれていたから、ちっともこわくなかった。

なんのかんの言《い》っても、この2人《ふたり》をたよってるのかもね。

「シュークリーム王子《おうじ》の秘密《ひみつ》」ではじめていっしょになって、いろいろ話《はな》しながら事件《じけん》を追《お》いかけて、心《こころ》がかよったんだ、きっと。

私《わたし》たちは、もう仲間《なかま》だもん。

そう考《かんが》えながら、私《わたし》はちょっとゆううつになった。

だって私《わたし》、その仲間《なかま》に秘密《ひみつ》をもっている。

とても言《い》えないよ。

自分《じぶん》のこと天才作家《てんさいさっか》だって言《い》って、日本中《にっぽんじゅう》の人《ひと》たちにウソついてるなんて。

そんなことしれたら、カイはきっと怒《おこ》るだろうし、プランスからは軽蔑《けいべつ》されるに決《き》まってる。

そしたらもう仲間《なかま》あつかいしてもらえないもん。

やっぱ絶対《ぜったい》、言《い》えない。

でも、それで本当《ほんとう》に仲間《なかま》の資格《しかく》があるんだろうか。

私《わたし》は、ちょっとため息《いき》をついた。

あ～あ、悩《なや》むなあ……。

「動機《どうき》についても、もう一度《いちど》よく考《かんが》えたほうがいい。めあては本当《ほんとう》に宝石《ほうせき》なのかどうか」

プランスがそう言《い》うと、カイが同意《どうい》した。

「あの猫《ねこ》、生意気《なまいき》そうだったからな。使用人《しようにん》に嫌《きら》われていたかもしれない」

うんっ！

私《わたし》は、おもいっきり力《ちから》をこめてうなずいた。

私《わたし》が使用人《しようにん》だったら、あんなの、すごくいやだもん。

「にくらしい猫《ねこ》を追放《ついほう》するのが本当《ほんとう》の目的《もくてき》で、宝石《ほうせき》はそのついでってこともあるし」

とすると……。

「マリー・アントワネットの被害《ひがい》を受《う》けていた人間《にんげん》が全員《ぜんいん》、怪《あや》しいってことになるよね」

言《い》いながら、ホールに集《あつ》まっていた使用人《しようにん》たち20人《にん》の顔《かお》を思《おも》いうかべた。

気《き》になっていたのは、もちろんあの若《わか》いメイドのことだった。

「だれが、どんな被害《ひがい》を受《う》けてたのかなぁ」

カイが、力《ちから》をこめて言《い》った。

「執事《しつじ》については、はっきりしてるよ」

ああ、シフォンを毎日《まいにち》いたぶられてたもんね。

あのメイドも、絶対《ぜったい》、怪《あや》しいと思《おも》うんだけど。

でも、その他《ほか》は……。

人《ひと》が多《おお》すぎて、聞《き》くのもたいへんそう。

「逆《ぎゃく》に考《かんが》えればいい。怪《あや》しくない人間《にんげん》をぬかしていくんだ。この城《しろ》の中《なか》で怪《あや》しくないのはだれだ」

プランスの質問《しつもん》に、私《わたし》は即《そく》、答《こた》えた。

「はい、私《わたし》たちっ！」

瞬間《しゅんかん》、カイがぱかんっと私《わたし》の頭《あたま》をたたいた。

「あたりまえのことを言《い》うなっ」

わーん、ぶったぁぁ！

「いちばん怪《あや》しくないっていったら、やっぱり姫《ひめ》だ。猫《ねこ》になにかがあったら、責任《せきにん》を問《と》われるのは姫《ひめ》だからな。お祖母《ばあ》さんに怒《おこ》られるし、信頼《しんらい》をそこねる。宝石《ほうせき》について考《かんが》えてみても、姫《ひめ》はじゅうぶん金持《かねも》ちだから、猫《ねこ》の首《くび》に下《さ》がってるのを盗《と》る必要《ひつよう》もないだろ」

カイの意見《いけん》には、説得力《せっとくりょく》があった。

「たしかに」

プランスは、そう言《い》いながら黙《だま》りこんだ。

その横顔《よこがお》は冷《ひ》やかで、どんな表情《ひょうじょう》もうかんでいなかった。

なに、考《かんが》えてるんだろうな……。

頭《あたま》の中《なか》、見《み》てみたい。

「スズっ、プランスの耳《みみ》の穴《あな》をのぞくなっ！」

ちぇっ！

「ここが、そうだ」

執事《しつじ》の部屋《へや》の外《そと》まで来《く》ると、プランスは立《た》ちどまり、親指《おやゆび》でいちばんはじの窓《まど》をさした。

「猫《ねこ》は、あそこから逃《に》げたんだ」

見《み》あげると、部屋《へや》のカーテンのむこうは暗《くら》く、明《あ》かりは1つもついていなかった。

「執事《しつじ》さん、もう寝《ね》てるのかな。大人《おとな》にしては、はやいね」

その窓《まど》を背《せ》にして立《た》つと、右手《みぎて》のほうにこうこうと照明《しょうめい》のついた門《もん》が見《み》えた。

「ライトアップだぜ。すげぇな」

カイがあきれたといった様子《ようす》でつぶやいた。

「ハデだよなぁ。マカロンの模様《もよう》だったりして」

まっさかぁ！

と思《おも》ったんだけど、いざ歩《ある》いていってみると、ライトに照《て》らされた門《もん》の上部《じょうぶ》には、色《いろ》とりどりのマカロンがどうどうとしたシルエットをうかびあがらせていた。

カイは、まいったといったように片手《かたて》で両眼《りょうめ》をおおった。

「もういやだ」

よしよし、耐《た》えて強《つよ》くなるんだゾ。

「猫《ねこ》はどっちから出《で》て、どっちに行《い》ったんだ」

プランスに聞《き》かれて、私《わたし》はマリー・アントワネットの飛《と》びだしたバラのしげみから、道《どう》路《ろ》をつっきって飛《と》びこんだ杉《すぎ》の立《た》ち木《き》のほうを指《ゆび》でさした。

「あっちから、こっち」

プランスは、ふっと眉根《まゆね》をよせた。

「そんなはずないだろう」

なんでよっ！

まちがいないわよ、そうだったもの。

プランスときたら、人《ひと》の言《い》うことにいちいち文句《もんく》つけるんだから。

「なんだって、そんなこと言《い》うのよ」

私《わたし》が抗議《こうぎ》すると、プランスはせせら笑《わら》った。

「よく見《み》ろ。私《わたし》たちはいま、こちらから来《き》た。猫《ねこ》の逃走経路《とうそうけいろ》と思《おも》われるところをとおってきたんだ」

そのくらい、わかってるよ。

「こちらに近《ちか》いのは、杉《すぎ》の立《た》ち木《き》で、バラのしげみは道《みち》のむこうにある。つまり猫《ねこ》が執事《しつじ》の部屋《へや》から逃《に》げてきたとすれば、杉《すぎ》の立《た》ち木《き》の間《あいだ》から飛《と》びだしてバラのしげみに飛《と》びこむことになるはずだ」

あら、ほんと。

方向《ほうこう》が、逆《ぎゃく》だぁ！

「でもたしかにバラのしげみから飛《と》びだして、杉《すぎ》の立《た》ち木《き》の間《あいだ》に入《はい》ったのよ」

そう言《い》いながら私《わたし》は首《くび》をかしげた。

なんで逆《ぎゃく》から飛《と》びだしてきたんだろう……。

「しっ！」

カイが唇《くちびる》の前《まえ》に人《ひと》さし指《ゆび》を立《た》てた。

「だれか来《く》る」

わっ！

「かくれろっ！」

えっ、どこへっ？

私《わたし》がまごまごしている間《あいだ》に、２人《ふたり》はさっとふた手《て》にわかれて姿《すがた》を消《け》した。

げっ、おくれた！

わーん、見《み》つかっちゃう!!

「バカ、はやく来《こ》いっ！」

カイが再《ふたた》び姿《すがた》をあらわし、手《て》をひっぱって私《わたし》を木立《こだち》の中《なか》にひきずりこんだ、ハアハアゼイゼイ。

「おい、その鼻息《はないき》をなんとかしろ」

と言《い》われても、そうかんたんには、おさまらない。

ものすごくドキドキしてるんだもの。

「いくらかくれてても、それだけで見《み》つかるじゃないか。息《いき》をするな」

そう言《い》いながらカイは、その大《おお》きな胸《むね》の中《なか》に私《わたし》をかかえこみ、片手《かたて》を私《わたし》の口《くち》と鼻《はな》にぎゅっとおしつけたのよ。

あ、あ、あ……苦《くる》し……。

死《し》んじゃう！

と思《おも》ったんだけど、そのとき、立《た》ち木《き》の間《あいだ》からぬっと人影《ひとかげ》が現《あらわ》れ、それを見《み》て私《わたし》はピタリと息《いき》が止《と》まってしまった。

ライトアップされた門《もん》の明《あ》かりの中《なか》にうかびあがったその人影《ひとかげ》は、あのメイドだったのっ！

手《て》には、スコップを持《も》っている。

そのまま庭《にわ》を歩《ある》いて、しげみのむこうに消《き》えていった。

「行《い》った……」

カイがつぶやいて、私《わたし》から手《て》をはなした。

それで私《わたし》は、息《いき》が苦《くる》しかったことを急《きゅう》に思《おも》いだして、まるで鯉《こい》みたいに口《くち》をバクバクさせて酸素《さんそ》を体《からだ》にとりこんだ。

ああ、あやうく死《し》ぬとこだった。

「あのメイド……なにやってたんだ」

カイが立《た》ちあがってつぶやくと、道《みち》の反対側《はんたいがわ》にかくれていたプランスも姿《すがた》を見《み》せ、歩《あゆ》みよってきた。

「おもしろくなったな」

不敵《ふてき》なほほえみをうかべたプランスは、まるでゲームでもしているかのようだった。

「あいつをマークしよう」

カイが片目《かため》を細《ほそ》める。

「明日《あした》、接近《せっきん》してみるよ」

つまりマリー・アントワネットをかくしているのは、あのメイドだってこと？

「あの人《ひと》、なにやってたんだろう」

私《わたし》が聞《き》くと、プランスは肩《かた》をすくめた。

「スコップを持《も》って踊《おど》ったり、泳《およ》いだりするヤツは、あまりいない。穴《あな》を掘《ほ》ってたに決《き》まってるじゃないか」

ふん、もっと心《こころ》やさしい言《い》い方《かた》をしたらどうなのさ。

「さ、部屋《へや》にもどって寝《ね》よう」

そう言《い》ってプランスは、余裕《よゆう》たっぷりのほほえみを見《み》せた。

「明日《あした》の朝《あさ》、あいつがどう出《で》てくるか、たのしみだよ」

10　プランスの意外《いがい》な才能《さいのう》？

翌朝《よくあさ》、私《わたし》がまだ塔《とう》の部屋《へや》のベッドでモゾモゾしているとき、部屋《へや》の電話《でんわ》がなった。

「はぁい、もぅしもぅし……」

まだぼんやりしている頭《あたま》をふりながら電話《でんわ》に出《で》ると、カイだった。

「おいスズ、この城《しろ》をかこんでいる塀《へい》の下《した》が掘《ほ》られているのが見《み》つかったってさ。外《そと》につながる穴《あな》ができていたらしい。そこには、マカロンの皮《かわ》の一部《いちぶ》が残《のこ》っていたって」

へえ。

「執事《しつじ》や姫《ひめ》は、どこかにひそんでいた猫《ねこ》が、塀《へい》の下《した》を掘《ほ》って外《そと》に逃《に》げたんじゃないかって言《い》ってる。その中《なか》でマカロンを食《た》べていたんだろうって」

私《わたし》はおもわず答《こた》えた。

「そうだったんだ」

瞬間《しゅんかん》、耳《みみ》につきささるような罵声《ばせい》が飛《と》んできた。

「ばかスズっ！」

ひえっ。

「昨日《きのう》の夜《よる》、なにを見《み》てたんだ。穴《あな》を掘《ほ》ったのは猫《ねこ》じゃない。あのメイドに決《き》まってるだろう」

どならないでよ、野蛮人《やばんじん》。

「中庭《なかにわ》のテラスで朝飯《あさめし》を食《く》おうってプランスが言《い》ってるから、はやく来《こ》いよ」

そう言《い》うなり、カイはカチャンと電話《でんわ》をきった。

私《わたし》はまだ眠《ねむ》かったけれど、しかたなくいそいで顔《かお》を洗《あら》って、服《ふく》を着《き》がえて、お城《しろ》の中庭《なかにわ》にあるテラスまで行《い》った。

中央《ちゅうおう》に噴水《ふんすい》があり、立《た》ち木《き》と花《はな》の植《う》わったプランター、白《しろ》い大理石《だいりせき》の彫像《ちょうぞう》でかざられたすてきな中庭《なかにわ》で、日《ひ》よけの下《した》に木製《もくせい》のテーブルと椅子《いす》がおかれていた。

そこでプランスとカイが話《はな》しながら朝食《ちょうしょく》を食《た》べていたのだった。

「こういうことは、ありうるかな」

カイが、フレンチトーストに食《く》いつきながら言《い》った。

「メイドは、猫《ねこ》をにくらしく思《おも》っていた。だが、主人《しゅじん》がかわいがっているからどうしようもない。そこで主人《しゅじん》が留守《るす》になるのを見《み》はからって、売《う》りとばす計画《けいかく》を立《た》てた。いい猫《ねこ》だから、ペットショップに持《も》っていけば高《たか》く売《う》れるだろう。宝石《ほうせき》は自分《じぶん》のものにして、猫《ねこ》は逃《に》げたことにしようと考《かんが》えたわけだ。で、猫《ねこ》をつかまえた。だがプランスに、猫《ねこ》はこの敷《しき》地内《ちない》から出《で》ていないと言《い》われたし、自分《じぶん》もこの城《しろ》から出《で》るなと言《い》われて、ペットショップに行《い》けなくなって計画《けいかく》がくるった。そこで昨日《きのう》の夜《よる》、猫《ねこ》が逃《に》げたかのような偽装工作《ぎそうこうさく》をした」

プランスは、ナイフとフォークで優雅《ゆうが》にパンケーキを切《き》りながら答《こた》える。

「じゃあ、これをどう説明《せつめい》する？　つまり、猫《ねこ》の逃《に》げた方向《ほうこう》が逆《ぎゃく》だったたってこと」

う〜ん、説明《せつめい》できない。

「それに、彼女《かのじょ》は、猫《ねこ》をどこにかくしているんだ」

そうよね。

昨日《きのう》、そうとう探《さが》したけど、どこにもいなかったもんねぇ。

「おかしなことは、まだある」

え、それはなにっ？

私《わたし》が聞《き》こうとするのと、プランスがカイに合図《あいず》をおくるのとが同時《どうじ》だった。

「おい、来《き》たぞ」

見《み》れば、銀《ぎん》のトレーを持《も》ったあのメイドがこちらにむかってくるところだった。

「お飲《の》みもののおかわりは、いかがですか？」

カイは、飲《の》んでいた紅茶《こうちゃ》のカップを出《だ》してついでもらいながら、わざと指《ゆび》をひっかけ、カップの中身《なかみ》をメイドのほうにぶちまけた。

「あ、ごめん」

かわいいフリルのついたメイドのエプロンに、たちまちシミが広《ひろ》がる。

「僕《ぼく》、洗《あら》うよ。ぬいで」

カイは立《た》ちあがり、メイドのエプロンに手《て》をかける。

メイドは、ぽっとほおを赤《あか》くした。

「いえ、お客《きゃく》さまにそんなこと……。大丈夫《だいじょうぶ》ですから、ほんとに」

しきりにことわるメイドに、カイはあれこれ話《はな》しかけ、5分《ふん》もするとすっかり親密《しんみつ》ムードにもちこんだ。

「へえ、香織《かおり》ちゃんっていうの。ここの仕事《しごと》ってどう？　もしたいへんだったら言《い》ってよ。それとなく姫《ひめ》に話《はな》しておくからさ」

と、しだいに核心《かくしん》にせまっていく。

その間《あいだ》にプランスがさりげなく立《た》ちあがり、テーブルをはなれた。

あら、どこ行《い》くのかな。

そう思《おも》いながら後《うし》ろ姿《すがた》を見《み》おくっていると、プランスはふっとふり返《かえ》り、私《わたし》にむかって、ついて来《こ》いというそぶりをした。

私《わたし》は、あわてて立《た》ちあがった。

「どこ行《い》くの。私《わたし》、まだぜんぜん食《た》べてないんだけど……」

私《わたし》の質問《しつもん》を無視《むし》してプランスはテラスから城《しろ》の中《なか》に入《はい》り、廊下《ろうか》を歩《ある》いて1つの部屋《へや》の前《まえ》で立《た》ちどまった。

そのドアには、「斉藤香織《さいとうかおり》」というプレートがかけてあったの。

これは、さっきのメイドの部屋《へや》っ！

やっぱり、あの人《ひと》が怪《あや》しいのね。

私《わたし》も、そうじゃないかと思《おも》ってたんだ。

もう一度《いちど》、徹底《てってい》して探《さが》して猫《ねこ》を見《み》つけようと考《かんが》えているのにちがいない。

うまくいくといいな、ワクワク。

神《かみ》さまに成功《せいこう》を祈《いの》りたいような気分《きぶん》でいる私《わたし》の目《め》の前《まえ》に、プランスは片手《かたて》をつきだした。

「かせ」

へっ？

私《わたし》は、ポカンとしてしまった。

なにを？

プランスが、ムッとしたようにこちらを見《み》る。

「持《も》ってないのか」

だから、なにを？

「ヘアピンだ。部屋《へや》の前《まえ》で、かせと言《い》ったらヘアピンに決《き》まっているだろう」

決《き》まってないよっ！

「はやくしろ。カイがメイドをひきとめている間《あいだ》に、中《なか》を探《さぐ》るんだ」

ああ、そういうことか。

私《わたし》は、髪《かみ》につけていた星型《ほしがた》のかざりピンをとってプランスにわたした。

それを手《て》にしてプランスは、ドアの前《まえ》にかがみこみ、ノブの鍵穴《かぎあな》にピンをさしこむ。

人《ひと》がとおりかかったらどうしよう。

そう考《かんが》えると、心臓《しんぞう》がドキドキした。

「よし、開《ひら》いた」

ものの15秒《びょう》、はやいっ！

私《わたし》はプランスの腕前《うでまえ》を尊敬《そんけい》し、ほめてあげた。

「プランスって、泥棒《どろぼう》にもなれるね」

プランスは、心《こころ》の底《そこ》まで凍《こお》りつきそうな目《め》でこっちを見《み》た。

「その口《くち》にチャックを縫《ぬ》いつけられたくなかったら、だまっていろ」

せっかくほめたのにさ、ふん。

「はやく入《はい》れ」

肩《かた》を押《お》されて部屋《へや》に入《はい》ると、中《なか》はきちんとかたづいていてきれいだった。

「おまえは、外《そと》を見《み》はっていろ」

え、猫《ねこ》を探《さが》すんじゃないの。

「だれか来《き》たら、しらせろ。1人《ひとり》で逃《に》げるんじゃないぞ」

そう言《い》いながらプランスは、机《つくえ》のひきだしを開《あ》け、あれこれひっくり返《かえ》しはじめた。

「ねえ、猫《ねこ》を探《さが》さなくていいの」

私《わたし》が聞《き》くと、うるさそうに答《こた》える。

「ここにはいない」

どーしてわかるのよっ！

「猫《ねこ》がいなくなってから、すでに12時間以上《じかんいじょう》がたっている。そんな長《なが》い間《あいだ》、猫《ねこ》を閉《と》じこめておいたら、この部屋《へや》に入《はい》ったときにかならず猫《ねこ》のにおいがするはずだ」

あ、そうか。

トイレだってするもんね。

でも猫《ねこ》を探《さが》すんじゃなかったら、いったいなんのためにここに来《き》たの。

「あった」

プランスが机《つくえ》の中《なか》からとりだしたのは、1冊《さつ》のノートだった。

「10代《だい》のようだったから、まだ書《か》いている可能性《かのうせい》があると思《おも》ったんだが、あたりだ」

それは、日記《にっき》だった。

そっか、10代《だい》の女《おんな》の子《こ》は、けっこう日記書《にっきか》くのが好《す》きだもんね。

プランスは、熱心《ねっしん》にそのページをめくる。

私《わたし》もこっそり、のぞきこんだ。

「○月《がつ》○日《にち》、今日《きょう》、マリー・アントワネットが逃《に》げだしたとか。ばんざーいっ！　これで、もういやな思《おも》いをせずにすむ。この家《いえ》ときたら、使用人《しようにん》のことなんか猫以下《ねこいか》のあつかいなんだから、頭《あたま》くる。給料《きゅうりょう》が高《たか》いから、がまんしてるんだけど。あんな猫《ねこ》は、永遠《えいえん》に帰《かえ》ってくるな」

あら、かわいい顔《かお》して、性格《せいかく》きつめ。

「でも、もしまだ敷地内《しきちない》にいて、もどってきたらどうしよう。そうだ。穴《あな》を掘《ほ》って外《そと》に逃《に》がしてしまえばいいんだ。ついでに穴《あな》のむこうにマカロンをおいておけば、それにひかれて出《で》ていってしまうはず。よし、これから穴掘《あなほ》りに行《い》こう」

ふ〜ん、そういうことだったのか。

「これは証拠品《しょうこひん》として押収《おうしゅう》しよう」

プランスは日記帳《にっきちょう》を閉《と》じ、まるめて片手《かたて》ににぎりしめた。

そしてふっと私《わたし》を見《み》たのよ。

「おまえ、ここでなにをしている。見《み》はりに立《た》てと言《い》ったのが聞《き》こえなかったのか」

あ、そうだっけ。

「言《い》うことを聞《き》かない女《おんな》は、鉄《てつ》の檻《おり》に入《い》れて断崖絶壁《だんがいぜっぺき》につるすのがわがモンモランシー家《け》の風習《ふうしゅう》だ」

わーん、助《たす》けてっ！

「行《い》くぞ。さっさと来《こ》い」

プランスに手首《てくび》をつかまれて、私《わたし》は部屋《へや》からひきずりだされた。

「それ、勝手《かって》に持《も》ちだしてもいいの？」

私《わたし》が言《い》うと、プランスは日記帳《にっきちょう》を持《も》っている手《て》をかるく上《あ》げ、私《わたし》の頭《あたま》をぽんぽんとたたいた。

「よくはないが、必要《ひつよう》なんだ。これから恐喝《きょうかつ》をするんだから」

へっ、恐喝《きょうかつ》？

それってもしかして……脅《おど》してむりやりなにかをさせるってこと？

「見《み》てろよ。真犯人《しんはんにん》を、あぶりだしてやる」

ニヤッと笑《わら》ったプランスは、顔《かお》がきれいなだけにものすごく迫力《はくりょく》があり、私《わたし》はふるえあがってしまった。

猫《ねこ》をかくしているヤツより、こいつのほうが絶対《ぜったい》、悪者《わるもの》だぁ……。

11 極悪猫《ごくあくねこ》のうわさ

私《わたし》とプランスがテラスにもどったとき、カイはまだメイドと話《はなし》をしていた。
メイドは、プランスが座《すわ》っていた席《せき》に腰《こし》をおろし、カイとたのしそうに笑《わら》っている。
カイも、生《い》き生《い》きとした笑顔《えがお》だった。
ああ、カイはいい表情《ひょうじょう》をするなぁ。
そう思《おも》いながら私《わたし》は、テーブルに近《ちか》づいた。
人《ひと》と話《はな》すことが好《す》きで、人《ひと》をしるのが好《す》きだからだよね。
だから人《ひと》からも好《す》かれるんだ。
「斉藤香織《さいとうかおり》さん」
日記帳《にっきちょう》を自分《じぶん》の背中《せなか》にかくしながら、プランスは話《はな》しかけた。

「ちょっと聞《き》きたいことがあるんだ」

メイドはカイにむけていたほほえみを、そのまま、プランスにむけた。

「なんでしょう、プランスさま」

なにもしらない笑顔《えがお》を見《み》て、私《わたし》はメイドがかわいそうになった。

「きみはずいぶん、この家《いえ》の猫《ねこ》を嫌《きら》っていたみたいだね」

メイドはすっと青《あお》ざめ、それから必死《ひっし》の笑顔《えがお》を作《つく》った。

「そんなこと、ありません。いつも大事《だいじ》にお世話《せわ》をしていました」

う〜ん、そうとは思《おも》えないけど……。

「この家《いえ》の中《なか》で、きみよりもっと猫《ねこ》を嫌《きら》っていたのはだれかな」

メイドは、そっぽをむいた。

「だれも、嫌《きら》ってなんかいません。みんな、マリー・アントワネットさまが大好《だいす》きでしたから」

ウッソくさぁ〜いっ！

あの猫《ねこ》が好《す》かれるはずないじゃんよ。

「だれにでも、聞《き》いてみてください。とにかく私《わたし》は嫌《きら》いじゃありませんでした」

そう言《い》うなり、しっかりと口《くち》をむすんでしまった。

まあ、ご主人《しゅじん》さまの猫《ねこ》だからなぁ。

嫌《きら》いだなんて言《い》ったらクビになるかもしれないもんね。

「そうかな」

プランスはうっすらと笑《わら》いながら、それまでかくしていた日記帳《にっきちょう》を出《だ》し、テーブルの上《うえ》においた。

「悪《わる》いけど、見《み》せてもらったよ」

メイドは、コクンと息《いき》をのむ。

「本当《ほんとう》のことを話《はな》してくれれば、きみがこの件《けん》に関係《かんけい》しているなんて、姫《ひめ》には言《い》わない」

ほう、恐喝《きょうかつ》って、こうするものなのね。

ちょっと、メモとっとこ。

「私《わたし》はただ、本当《ほんとう》のことがしりたいだけなんだ。きみのことを言《い》いつけたり、クビにしたりする気《き》はないよ」

そう言《い》いながらプランスったら、私《わたし》の手《て》からメモ帳《ちょう》をとりあげて、ものすごく遠《とお》くにほうり投《な》げてしまったのよ、わーんっ！

「わかりました」

メイドは、ちょっとふてくされてプランスをにらんだ。

「もうバレてるんだったら、しかたがありません。お話《はな》ししますよ。たしかに、マリー・アントワネットさまのことは、みんなが嫌《きら》っていました」

やっぱり。

「だって、ひどい目《め》にあわされるからです。私《わたし》は小鳥《ことり》の世話《せわ》をする係《かかり》なんですが、エサをやっていると、マリー・アントワネットさまが飛《と》んできてエサ箱《ばこ》をひっくり返《かえ》してしまうし、水浴《みずあ》びをさせていると、追《お》いかけまわすし」

うん、やりそうだ。

「大奥《おおおく》さまが見《み》ていらっしゃると、ちゃんと決《き》められた場所《ばしょ》でフンをするんですが、見《み》ていないと、人《ひと》が嫌《いや》がるようなところ、たとえば調理室《ちょうりしつ》の食器棚《しょっきだな》とか、駐車《ちゅうしゃ》してある車《くるま》の上《うえ》とかにするし」

げっ、性格《せいかく》、極悪《ごくあく》っ！

「それで料理人《りょうりにん》も、運転手《うんてんしゅ》も手《て》をやいています。キャットフードをあたえると、わざと散《ち》らかして食《た》べるし、かたづけてもすぐまた散《ち》らかすし、雨《あめ》の日《ひ》にかぎって庭《にわ》に出《で》て、ドロのついた足《あし》でもどってきてそこらじゅう歩《ある》きまわるし。だからお掃除《そうじ》のおばさんは仕事《しごと》がふえて、いつまでたっても終《お》わらないってこぼしています。手入《てい》れをした庭木《にわき》で爪《つめ》をといだり、植《う》えたばかりのクロッカスやバラの苗木《なえぎ》を掘《ほ》りかえすから、庭《にわ》師《し》も怒《おこ》っているし。病気《びょうき》になっても薬《くすり》を飲《の》まなくて医者《いしゃ》を手《て》こずらせるし」

話《はなし》を聞《き》いているうちに私《わたし》には、もうこの城《しろ》の中《なか》のだれが猫《ねこ》をかくしていてもおかしくないと

思《おも》えてきた。

えーいっ、いっそ私《わたし》が拉致《らち》ってやる。

そんな猫《ねこ》は、はりつけ、獄門《ごくもん》だぁ！

「いちばんかわいそうなのは、執事《しつじ》さんです。この家《いえ》を管理《かんり》したり、切《き》りまわしたりするのが仕事《しごと》だから、みんなから不満《ふまん》をぶつけられて、なんとかしてくれって言《い》われるんです。でも、大奥《おおおく》さまは絶対《ぜったい》、マリー・アントワネットさまの味方《みかた》だから、そんなことを言《い》えば逆《ぎゃく》に、なに言《い》ってるんですかって怒《おこ》られるし。この間《あいだ》なんか、それほどマリー・アントワネットが気《き》に入《い》らないのなら、もうこの仕事《しごと》をやめるしかないわね、なんて言《い》われてたんですよ。本当《ほんとう》に気《き》の毒《どく》です」

うーん、執事《しつじ》はシフォンをいたぶられているだけでなく、そんな思《おも》いをしていたのかぁ。

かわいそうすぎるっ！

「とにかくみんな、泣《な》かされてます。あの猫《ねこ》がどこかに行《い》ってしまって、二度《にど》ともどってこないこと、それがみんなのねがいですよ」

メイドの話《はなし》が終《お》わると、カイが深《ふか》いため息《いき》をついた。

私《わたし》も、だった。

「わかった。これは返《かえ》す。もう行《い》っていいよ」

プランスからノートを受《う》けとって、メイドはさっと立《た》ち去《さ》った。

あとに残《のこ》った私《わたし》たちは、顔《かお》を見《み》あわせる。

「プランス、これ、まずくないか」

カイが、真剣《しんけん》な声《こえ》で言《い》った。

「みんながいやな思《おも》いで働《はたら》いているって、よくないよ。心《こころ》があれているわけだろ。そういう気持《きも》ちで働《はたら》いていても、いい仕事《しごと》はできないし、家《いえ》の主人《しゅじん》であるきみのお祖母《ばあ》さんのためにもならないと僕《ぼく》は思《おも》う」

うん、カイは正《ただ》しい。

「だからって、猫《ねこ》をかくしたり宝石《ほうせき》を盗《ぬす》んだりするのはゆるせないから、犯人《はんにん》ははっきりさせなきゃならないし、猫《ねこ》はとりもどさなけりゃならない。でもそれが終《お》わったら、この状態《じょうたい》をなんとかしてくれ。みんなが気持《きも》ちよく働《はたら》けるようにしてほしいんだ。きみはお祖《ば》母《あ》さんに信頼《しんらい》されているんだから、なんとかできるはずだ。それを約束《やくそく》してくれ」

プランスは、静《しず》かにうなずいた。

「わかった。そうしよう」

そう言《い》ってから、カイを見《み》て、ちょっと笑《わら》った。

「力《ちから》をかしてくれるんだろ？」

カイがうなずいて右手《みぎて》を出《だ》し、プランスはそれを強《つよ》くにぎりしめた。

「よろしくたのむ」

がっちりと握手《あくしゅ》をかわす2人《ふたり》は、とてもカッコよかった。

私《わたし》も仲間《なかま》になりたくて、つながった2つの手《て》の上《うえ》に自分《じぶん》の両手《りょうて》を重《かさ》ねた。

「がんばろうねっ！」

すると2人《ふたり》は私《わたし》を見《み》て、つぎつぎと言《い》ったのだった。

「おまえがじゃまをしなけりゃ、うまくいく」

「たのむから、足手《あしで》まといにならないでくれよ」

しくしくしく……。

12 いちばん怪《あや》しい人物《じんぶつ》は？

プランスの部屋《へや》のテーブルには、チョコレートマカロンを山《やま》のように積《つ》みあげた皿《さら》がおかれていた。

私《わたし》はその前《まえ》にしっかりと座《すわ》り、両手《りょうて》に1つずつマカロンをつかんだ。

昨日《きのう》はもうとうぶん食《た》べたくないと思《おも》ったのに、今日《きょう》になってみるとまた食《た》べられそうで、われながら不思議《ふしぎ》だった。

「城中《しろじゅう》の人間《にんげん》が全員《ぜんいん》、怪《あや》しいよなぁ……」

1人《ひとり》がけのソファに座《すわ》ったカイは背《せ》もたれによりかかり、両手《りょうて》を上《あ》げて頭《あたま》の後《うし》ろでくみながら天井《てんじょう》をあおいだ。

「たしかに、全員《ぜんいん》に、動機《どうき》がある」

机《つくえ》の上《うえ》のパソコンにむかっていたプランスが、くるりと椅子《いす》を回《まわ》してこちらを見《み》た。

「でも、しぼれてきたよ」

マカロンをほおばっていた私《わたし》は、びっくり。

え、いつしぼれたのっ？

「犯人《はんにん》の手《て》は見《み》えた」

えーっ、どこにっ？

プランスは、自信《じしん》たっぷりなほほえみをうかべる。

「メイドは、掘《ほ》った穴《あな》の外側《そとがわ》にマカロンをおいたと日記《にっき》に書《か》いている。猫《ねこ》が城《しろ》から出《で》ていくようにね。ところが翌朝《よくあさ》、穴《あな》で見《み》つかったのは、マカロンの食《た》べのこしだ。猫《ねこ》が犯人《はんにん》につかまえられていて自由《じゆう》に動《うご》けないとしたら、このマカロンを食《た》べたのはだれだ」

私《わたし》じゃないわよっ！

「それは、犯人《はんにん》だ。昨夜《さくや》メイドが立《た》ち去《さ》ったあと、さも猫《ねこ》が食《た》べたように偽装《ぎそう》したんだ」

そっか。

「だがこのとき、犯人《はんにん》は、メイドの掘《ほ》った穴《あな》を埋《う》めることもできたはずだ。それをせずに、マカロンだけに手《て》をくわえたってことは、つまり犯人《はんにん》は、猫《ねこ》が穴《あな》を掘《ほ》って外《そと》に逃《に》げたように見《み》せかけたかったということだ」

ふ〜む。

「さて、ここで質問《しつもん》。猫《ねこ》が外《そと》に逃《に》げたと言《い》いはっていたのは、だれだ？　私《わたし》が敷地内《しきちない》にいると言《い》ったら、むきになって否定《ひてい》したヤツは」

あっ、執事《しつじ》！

「もう1つ、質問《しつもん》。城《しろ》の使用人《しようにん》はみんな、猫《ねこ》の被害《ひがい》を受《う》けている。仕事《しごと》がふえたり、うまくいかなかったりしているわけだ。その中《なか》でいちばんキツイ立場《たちば》に立《た》たされているのは、だれだ？」

カイがうなるようにつぶやいた。

「執事《しつじ》だ。クビにされるかもしれないんだから」

私《わたし》も、言《い》った。

「自分《じぶん》の猫《ねこ》を、いじめられてるしね」

プランスが、ゆっくりと拍手《はくしゅ》をする。

「正解《せいかい》。昨日《きのう》の夜《よる》、ヤツの部屋《へや》の電気《でんき》は消《き》えていた。寝《ね》るにしてははやすぎるから、いなかったのにちがいない。庭《にわ》で偽装工作《ぎそうこうさく》をしていたとも考《かんが》えられる」

カイが、ふいに体《からだ》をおこした。

「どうする？」

決《き》まってるじゃない、執事《しつじ》をつかまえるのよ。

「どうもしない」

あら……。

「証拠《しょうこ》がないから動《うご》けないんだ。とにかく証拠《しょうこ》を見《み》つけないと」

言《い》いながらプランスは、パソコンにむきなおった。

「まず、猫《ねこ》を探《さが》そう。そうすれば、それをかくしているのが執事《しつじ》だという証拠《しょうこ》が出《で》てくるにちがいない」

私《わたし》は立《た》ちあがった。

「もうじゅうぶん、探《さが》したじゃない。これ以上《いじょう》、探《さが》すとこなんてないわよ」

プランスは、鼻歌《はなうた》でも歌《うた》うかのようにかるく答《こた》えた。

「目《め》に見《み》えるところは探《さが》したが、それ以外《いがい》はまだだ」

え……目《め》に見《み》えないところを探《さが》すの？

それって、どこよ。

「目《め》に見《み》えないとこなんて、どうやって探《さが》すんだ？」

カイの質問《しつもん》にプランスは答《こた》えず、音《おと》をたててパソコンキーを打《う》ちはじめた。

私《わたし》はチョコレートマカロンを口《くち》につっこみながら、カイのそばによった。

「わかる？」

カイは、わからないといったように肩《かた》をすくめた。

「このお城《しろ》にはメタマテリアルで包《つつ》まれて、かくされている部屋《へや》がある、とかかなぁ？」

そう言《い》ったら、カイにこつんと頭《あたま》をたたかれた。

「メタマテリアルは、まだ研究中《けんきゅうちゅう》だ。完成《かんせい》してないんだぞ」

あ、そうか。

プランスは、キーをたたきつづけている。

机《つくえ》に近《ちか》よってみると、パソコンの画面《がめん》は、私《わたし》には読《よ》めない横文字《よこもじ》でいっぱいだった。

「それ、フランス語《ご》？」

そう聞《き》くと、プランスはチラッと私《わたし》のほうに視線《しせん》を流《なが》した。

そのまなざしの、冷《つめ》たかったことっ！

胸《むね》の奥《おく》まで凍《こお》りついてしまいそうだった、ゾクゾクッ！

「Oの上《うえ》に点《てん》が2つついているような字《じ》があるのは、ドイツ語《ご》」

へいへい、どうせ私《わたし》は無学《むがく》ですよ。

「よし、出《で》た」

プランスが大《おお》きな息《いき》をつき、こちらをふり返《かえ》った。

「見《み》ろよ」

画面《がめん》には、設計図《せっけいず》のようなものが映《うつ》っている。

はて？

カイが立《た》ちあがり、歩《あゆ》みよってきて、のぞきこんだ。

「なんの図《ず》？」

そうよ、これが猫《ねこ》の居場所《いばしょ》とどう関係《かんけい》するのよ。

「これは、ドイツのバイエルン州《しゅう》ペラート渓谷《けいこく》に建《た》つノイシュヴァンシュタイン城《じょう》の設計《せっけい》図《ず》だ」

へえ、長《なが》い名前《なまえ》。

「画家《がか》が考《かんが》えた城《しろ》だから、おとぎ話《ばなし》の城《しろ》のような雰囲気《ふんいき》をもっている。外《そと》から見《み》ると、こんな感《かん》じだ」

マウスを動《うご》かしてプランスは、その城全体《しろぜんたい》の映像《えいぞう》を画面《がめん》に映《うつ》しだした。

「あーっ、これって、ここじゃん」

美《うつく》しい姿《すがた》を見《み》せているのは、まさしく私《わたし》たちがいまいる、このお城《しろ》だった。

「そう。ここは、このノイシュヴァンシュタイン城《じょう》をモデルにして造《つく》ったものだ。ついでに言《い》えば、ディズニーランドのシンデレラ城《じょう》にも、このイメージが投影《とうえい》されている」

それで、にてるんだ。

「これを見《み》れば」

言《い》いながらプランスは、画面《がめん》を設計図《せっけいず》にもどした。

地下《ちか》から1階部分《かいぶぶん》、2階部分《かいぶぶん》、3階部分《がいぶぶん》と映《うつ》していく。

「目《め》では見《み》えないものが見《み》えるはず」

私《わたし》は息《いき》をつめて、プランスの顔《かお》を見《み》つめた。

だって図面《ずめん》を見《み》ていたって、どうせなんにもわからないし、つまらないんだもの。

顔《かお》を見《み》ていれば、なにかあればすぐわかるじゃん。

それに、きれいだしさ。

「なにもないな。中世《ちゅうせい》の城《しろ》なら、かくし部屋《べや》の1つや2つはあるものなんだが」

ああ目《め》には見《み》えないものって、かくしてある部屋《へや》のことなのか。

「この城《しろ》は、最近《さいきん》の建築《けんちく》だからムリか。着工《ちゃっこう》が1869年《ねん》、完成《かんせい》したのは20世紀《せいき》に入《はい》ってだからな。それにしても部屋《へや》がなくても、通路《つうろ》くらいあってもいいはずだが。待《ま》てよ。これかっ！」

めずらしく大《おお》きな声《こえ》を出《だ》して、プランスは画面《がめん》を止《と》め、その一部《いちぶ》をクローズアップした。

「かくし階段《かいだん》だ」

それは、細《ほそ》い螺旋階段《らせんかいだん》だった。

「どんな城《しろ》にも、使用人《しようにん》たちが使《つか》う通路《つうろ》や階段《かいだん》がある。それは人目《ひとめ》につかないようにかくされているんだ」

プランスはいきおいよくマウスを動《うご》かし、その階《かい》の全体像《ぜんたいぞう》を映《うつ》した。

「こちらが北《きた》だから、この階段自体《かいだんじたい》は建物《たてもの》の北西側《ほくせいがわ》のはじにあたる。３階《がい》と１階《かい》をむすぶ階段《かいだん》だ」

プランスの椅子《いす》の背《せ》もたれにカイが手《て》をつき、画面《がめん》をのぞきこんだ。

「それ、こっちの城《しろ》にも造《つく》られているんだよね」

プランスは、画面《がめん》を閉《と》じながらうなずく。

「もちろんだ。そっくりに造《つく》ったはずだから」

カイは顔《かお》を輝《かがや》かせた。

「じゃそれは、こっちの城《しろ》の、どの部分《ぶぶん》とどの部分《ぶぶん》をむすんでいるわけ？」

そこに猫《ねこ》がかくされているんだよね。

どこなんだろう、ワクワクドキドキ。

「この城《しろ》で、見《み》ると」

プランスは、城《しろ》の設計図《せっけいず》を開《ひら》いて北西側《ほくせいがわ》のいちばんはじを映《うつ》しだした。

「3階部分《がいぶぶん》は、調理室《ちょうりしつ》」

よし、そこで猫《ねこ》を探《さが》そう！

「1階部分《かいぶぶん》は、執事《しつじ》の部屋《へや》だ」

げっ、いちばん探《さが》しにくいとこじゃん。

「やるしかないな」

カイがきびしい顔《かお》つきで言《い》った。

「なにか口実《こうじつ》をつけて、まず調理室《ちょうりしつ》に入《はい》ろう。そこからかくし階段《かいだん》を下《お》りて、執事《しつじ》の部屋《へや》の手前《てまえ》まで探《さが》せば、彼《かれ》の部屋《へや》に入《はい》らずにすむよ」

13 かくし階段《かいだん》の秘密《ひみつ》

私《わたし》たちは、お昼《ひる》をすませてから料理長《りょうりちょう》にもうしでた。

「マカロンを作《つく》りたいので、調理室《ちょうりしつ》をかしてほしいんですけど」

料理長《りょうりちょう》の答《こた》えは、こうだった。

「いいよ。4時《じ》から夕飯《ゆうはん》の支度《したく》にかかるけど、それまでここは空《あ》いているからね。でも、姫《ひめ》の許可《きょか》をとってくれないとこまるな。姫《ひめ》がいいと言《い》ったら、かしてあげよう」

しかたがないので、姫《ひめ》にそう言《い》うと、

「まあ、おもしろそう。私《わたし》も参加《さんか》するわ。じつは一度《いちど》も作《つく》ったことがないのよ。たのしみ」

私《わたし》たちは、顔《かお》を見《み》あわせた。

姫《ひめ》の参加《さんか》って、どう?

プランスが、すばやくカイの耳《みみ》にささやく。

「姫《ひめ》をどっかに誘《さそ》いだせ」

カイはうなずき、姫《ひめ》のすぐそばに近《ちか》よってほほえみかけた。

「マカロンは、食《た》べるだけでいいんじゃない？　できあがるまで、2人《ふたり》でボール遊《あそ》びでもしていようよ、庭《にわ》でさ」

まぶしいほどカッコいいそのほほえみに、姫《ひめ》はコロッとだまされてカイについて庭《にわ》に出《で》ていった。

あまりにもあっさりと成功《せいこう》したので、プランスがこう言《い》ったくらいだった。

「あいつって、妙《みょう》な才能《さいのう》があるな」

私《わたし》はなんだか、自慢《じまん》したいような気分《きぶん》になった。

カイは、学校《がっこう》でもすっごく人気《にんき》があるんだよ。

男子《だんし》も女子《じょし》も、みんな、カイと友《とも》だちになりたいって思《おも》ってるんだ。

ときどき、ちょっとイジワルだけどさ。

「おい、ぼけっとするな。入《はい》って探《さが》すぞ」

プランスに言《い》われて、私《わたし》は調理室《ちょうりしつ》に踏《ふ》みこんだ。

そこはふつうの家《いえ》の台所《だいどころ》を大《おお》きくしたような部屋《へや》で、中央《ちゅうおう》には調理台《ちょうりだい》とガス台《だい》があり、まわりに調理器具《ちょうりきぐ》のおいてある棚《たな》や、食器《しょっき》の入《はい》ったカップボードがいくつも立《た》っていた。

でもいくら見《み》てもただの調理室《ちょうりしつ》で、階段《かいだん》なんかは見《み》あたらなかった。

「ないよ、かくし階段《かいだん》」

私《わたし》が言《い》うと、プランスはろこつにいやな顔《かお》をした。

「かくされているから、かくし階段《かいだん》なんだろ」

あ、そうか。

「くだらんことを言《い》ってないで、さっさと探《さが》せ」

え、私《わたし》が？

「不満《ふまん》そうな顔《かお》だな。おまえがやらないで、だれがやるんだ」

私《わたし》は、プランスを指《ゆび》さした。

あんた！

「私《わたし》は頭脳労働専門《ずのうろうどうせんもん》だ。体《からだ》を使《つか》うことは、おまえがやるんだ」

ちぇっ。

「壁《かべ》や床《ゆか》をたたいてみろ。むこうに階段《かいだん》があれば、音《おと》のひびきかたがちがうはずだ」

それで私《わたし》は、あちこちをたたいてみた。

でも、よくわかんないのよね。

みんな、同《おな》じに聞《き》こえるんだもの。

「はやくしろ。ここは、4時《じ》までしか使《つか》えないんだから」

それはわかってるけど、音《おと》がわかんないのよ。

「やたらにたたいてもダメだ。階段《かいだん》があるのは、北西《ほくせい》のはじだ。つまり、あっち」

そんなことさきに言《い》ってよっ！

プランスが指《ゆび》さした方向《ほうこう》に走《はし》りよって、私《わたし》はそのあたりの壁《かべ》をたたいた。

そうしながらふり返《かえ》って見《み》れば、プランスはなにもしないで腕《うで》をくんで、ただ調理台《ちょうりだい》によりかかっているだけなのよ。

これって、やっぱり不公平《ふこうへい》だ。

「ちょっと、あんたもやってみたらどうなのよ」

その瞬間《しゅんかん》、プランスがふっとこちらをむいた。

「そこだ」

へっ？

「いまたたいたところだ。音《おと》がちがっていた」

つかつかと歩《あゆ》みよってきて私《わたし》を押《お》しのけ、プランスはその壁《かべ》をくわしく調《しら》べた。

「ここに亀裂《きれつ》がある。かくし階段《かいだん》の出入《でい》り口《ぐち》だ」

やったっ！

「だが、ドアノブがない。これじゃ開《あ》けられないな。どこかに開《あ》けるための装置《そうち》があるはずだ。探《さが》せ」

私《わたし》はまたも追《お》い立《た》てられ、あちらこちらと探《さが》しものっ、ハアハアゼイゼイ。

「はやくしろ」

もう人使《ひとづか》いがあらいんだからっ！

いろいろな棚《たな》の後《うし》ろを見《み》たり、窓《まど》のカーテンのわきをのぞいたり、床《ゆか》にはいつくばるようにして、すみずみまで目《め》を配《くば》る。

でも、どこにも装置《そうち》なんかなかった。

「ないよぉ」

そう言《い》うと、プランスはムッとしたように目《め》を光《ひか》らせた。

「ないはずはない。あるんだ。探《さが》せ」

私《わたし》は、泣《な》きだしたくなった。

「ちょっとは休《やす》ませてよ」

「そんな時間《じかん》があるか。さっさとしろ」

うわーん、カイ、こっちに上《あ》がってきて私《わたし》を助《たす》けてっ！

私《わたし》はがまんできなくなって、窓辺《まどべ》に飛《と》びついた。

下《した》の庭《にわ》にいるカイを呼《よ》ぼうとしたのよ。

ところが窓《まど》にはブラインドがかかっていて、庭《にわ》が見《み》えない。

くっそ、じゃまする気《き》ね。

にくらしいブラインドめ、こじ開《あ》けてやるっ！

そう思《おも》いながら見《み》れば、窓枠《まどわく》の中《なか》に、小《ちい》さなハンドルがうずまっていた。

おしゃれだけど、小《ちい》さすぎて回《まわ》しづらそう。

しかたがないので、人《ひと》さし指《ゆび》と親指《おやゆび》のさきでハンドルをつまんでクルクル回《まわ》し、ブラインドを開《あ》けた。

のに、のにぃっ！

いくら回《まわ》しても、ブラインドが上《あ》がっていかないのよ。

えーい、こいつったら、カラまわりしてんのかしら。

そう思《おも》いながら、よく見《み》れば、そばにもう1つべつの、大《おお》きなハンドルがあった。

それで試《ため》しにそっちを動《うご》かしてみると、ブラインドはスルスルと上《あ》がっていった。

やだ、こっちがブラインドだったんだ。

とすると、この小《ちい》さいのは……。

私《わたし》は、息《いき》をのんでふり返《かえ》った。

その目《め》に飛《と》びこんできたのは、満足《まんぞく》げにほほえんでいるプランスと、その後《うし》ろのほうで、たてに大《おお》きく開《ひら》いている壁《かべ》っ！

「手《て》を止《と》めるな。はやくっ」

どなられて、私《わたし》はまたも小《ちい》さなハンドルに飛《と》びつき、必死《ひっし》で回《まわ》した。

ハンドルはだんだんと重《おも》くなっていき、私《わたし》の指《ゆび》のさきは真《ま》っ赤《か》になった。

うっ、痛《いた》いよぅ。

「よし、いいぞ」

プランスの声《こえ》で手《て》を止《と》めると、壁《かべ》は横《よこ》に移動《いどう》し、人《ひと》が出入《でい》りできるくらいのスペースが開《ひら》いていた。

ばんざーいっ！

プランスがうれしそうに言《い》った。

「よくやった」

プランスにほめられるのは、それがはじめてだった。

ちょっとテレてしまった、えへっ。

「入《はい》ろう」

んっ！

私《わたし》は勇《いさ》んで、プランスのあとに続《つづ》いた。

中《なか》は暗《くら》く、下《した》から風《かぜ》が吹《ふ》きあがってきていた。
こんなまっくらな中《なか》に、猫《ねこ》がいるのかなぁ。
ひょっとして、壁《かべ》につながれてたりして。
「気《き》をつけろ。傾斜《けいしゃ》が急《きゅう》だぞ」
妙《みょう》なにおいがする。
私《わたし》が鼻《はな》をヒクつかせていると、プランスはポケットから絹《きぬ》のレースのハンカチを出《だ》して自分《じぶん》の鼻《はな》をおおった。

「なんだ、このにおいは」

さあ……。

しめっきりだったから、カビとかじゃないの。

あ、もしかしてっ！

「猫《ねこ》のフンのにおいなんじゃない？」

私《わたし》が言《い》うと、プランスはさらっと髪《かみ》をゆすって首《くび》を横《よこ》にふった。

「無機化合物《むきかごうぶつ》のにおいだ」

へっ、それはなに？

「私《わたし》は物理系《ぶつりけい》だから化学《かがく》にはくわしくないが、有機的《ゆうきてき》なにおいではないことはたしかだ」

くわしくなくても、それだけわかればじゅうぶんかも。

「それと猫《ねこ》のフンと、どーゆー関係《かんけい》？」

瞬間《しゅんかん》、プランスは心《こころ》の底《そこ》までえぐるような目《め》で、私《わたし》をにらんだ。

「猫《ねこ》のフンは有機化合物《ゆうきかごうぶつ》、なんだ」

あ、そ。

はじめから猫《ねこ》のフンじゃないって言《い》えば、わかりやすいのに。

「さっさと下《お》りろ」

手《て》すりがないので壁《かべ》に手《て》をあてながら私《わたし》たちは、階段《かいだん》を下《お》りた。

両手《りょうて》をのばせば、右《みぎ》と左《ひだり》の壁《かべ》に届《とど》いてしまうくらいせまかった。

カタツムリのカラのような螺旋《らせん》を描《えが》いて、どこまでも下《お》りていっている。

「懐中電灯《かいちゅうでんとう》を持《も》ってくるべきだったな」

下《お》りながらプランスは、両側《りょうがわ》の壁《かべ》をなでたり、たたいたりした。

「なにしてんの?」

「設計図《せっけいず》によると、どこかにかくし戸棚《とだな》があるはずなんだ」

やれやれ、かくし階段《かいだん》の中《なか》にかくし戸棚《とだな》かぁ……。

なんかつかれる。

私《わたし》は、はっきりくっきり見《み》えているもののほうが好《す》きだな。

「お、あったぞ」

私《わたし》は足《あし》を止《と》め、プランスが指《さ》し示《しめ》す壁《かべ》を見《み》た。

「ほぼ四角《しかく》、たて30センチ、横《よこ》30センチだ」

じゃ、この中《なか》に猫《ねこ》が？

じっとその四角形《しかっけい》を見《み》つめながら、私《わたし》は頭《あたま》の中《なか》にマリー・アントワネットの肖像画《しょうぞうが》を思《おも》いうかべた。

でっぷりとした毛《け》のかたまりのような猫《ねこ》。

あれがこの中《なか》に入《はい》っているとすると、かなり折《お》りたたまれているはず。

押《お》しこまれて、四角《しかく》になっちゃってたりして、くすっ。

「なにがおかしいんだ」

プランスに聞《き》かれて、私《わたし》が話《はな》そうとしたそのとき、階段《かいだん》の下《した》のほうでカチャンという音《おと》がひびいた。

それに続《つづ》いて、靴音《くつおと》っ！

だれかが階段《かいだん》を上《のぼ》ってくるっ!!

14
不気味《ぶきみ》な足音《あしおと》

「どっ、どうしよう」

うろたえる私《わたし》の口《くち》をプランスが手《て》で押《お》さえ、そっとささやいた。

「いそいでもどろう」

そうよね、わき道《みち》はないんだもの。

下《した》からだれかが来《く》るとなったら、こっちは上《うえ》に逃《に》げるしかないっ！

「足音《あしおと》をたてるな。むこうの音《おと》が聞《き》こえるということは、こっちの音《おと》も聞《き》こえているということだ」

ひえっ！

「さきに行《い》け」

言《い》われて私《わたし》は、夢中《むちゅう》で階段《かいだん》を上《のぼ》ろうとした。

とたんに、靴《くつ》のかかとを階段《かいだん》のはじにひっかけて前《まえ》のめりにころび、両手《りょうて》を階段《かいだん》にたたきつけてしまったのだった。

音《おと》がひびく。

プランスは、さし殺《ころ》しかねないようないきおいで私《わたし》をにらんだ。

わーん、ごめんなさい。

耳《みみ》をすませば、足音《あしおと》は、規則正《きそくただ》しく階段《かいだん》を上《のぼ》ってくる。

どうやら私《わたし》のたてた音《おと》に気《き》づいていないようだった、ほっ。

「はやく行《い》くんだ」

私《わたし》は、あわてて上《のぼ》りかけた。

その瞬間《しゅんかん》またも、つまずいてしまったのだった。

ひえっ、犯人《はんにん》に見《み》つかる前《まえ》に、プランスに殺《ころ》されるぅ……。

「バカ者《もの》が」

そう言《い》うなりプランスは、両腕《りょううで》で私《わたし》を抱《だ》きあげた。

そのまま3段飛《だんと》ばしで、しかも音《おと》もなく階段《かいだん》をかけあがって、調理室《ちょうりしつ》から飛《と》びだしたのだった。

ふぅ……。

私《わたし》は、それまで止《と》まってしまっていた息《いき》を、一気《いっき》にはきだした。

こわかったぁ！

プランスは開《あ》けたままの扉《とびら》のところに立《た》って、下《した》の様子《ようす》をうかがいながら押《お》しころした声《こえ》で言《い》った。

「いま、扉《とびら》を閉《し》めたら、音《おと》がして気《き》づかれる。だが開《あ》けたままでは、ここまで上《のぼ》ってきたときに気《き》づかれる。だれがここにいたかは、料理長《りょうりちょう》に聞《き》けばすぐわかるからな」

どうすりゃいいのよ、私《わたし》たちっ！

足音《あしおと》は、だんだん大《おお》きくなってくる。

「ねえ、どうすんのよ」

私《わたし》の問《と》いを無視《むし》してプランスは、窓《まど》のブラインドの隣《となり》に下《さ》がっているカーテンのところまで行《い》き、それを広《ひろ》げた。

「どうしようもない」

そんなっ！

「できるのは、被害《ひがい》を最小限《さいしょうげん》に食《く》いとめることだけだ。ちょっと来《こ》い」

手招《てまね》きされて私《わたし》が近《ちか》よると、プランスはカーテンを広《ひろ》げ、あっという間《ま》にそれで私《わたし》の体《からだ》をつつみこんでしまった。

「このスペースに入《はい》るのは、おまえだけだ」

どうせチビよ、ふん。

「ここにかくれていて、足音《あしおと》のぬしの顔《かお》を見《み》るんだ」

えーっ、私《わたし》1人《ひとり》で？

「私《わたし》は、料理長《りょうりちょう》のところに行《い》ってアリバイを作《つく》っておく。私《わたし》が途中《とちゅう》でぬけたことをあきらかにしておけば、犯人《はんにん》にマークされずにすむからな。これからも動《うご》きやすい。カイもここにいなかったことがはっきりしているから、犯人《はんにん》も警戒《けいかい》しないし」

ちょっと待《ま》ってよ。

ということは……。

「犯人《はんにん》は、扉《とびら》を開《あ》けたのは私《わたし》1人《ひとり》だと思《おも》って、私《わたし》を標的《ひょうてき》にするってことじゃないのぉ！」

プランスは、ふっと笑《わら》った。

「ものわかりがいいときもあるな。被害《ひがい》を最小限《さいしょうげん》に食《く》いとめるというのは、そういうことだ。それじゃ」

片手《かたて》を上《あ》げて、さっと身《み》をひるがえし、プランスは出《で》ていった。

「そこから出《で》るなよ。いま見《み》つかると、命《いのち》の保障《ほしょう》はないぞ」

わーん、もどってよぉーっ！

私《わたし》はさけんで呼《よ》びもどしたかったけれど、階段《かいだん》から聞《き》こえてくる足音《あしおと》はどんどん大《おお》きくなってきていて、声《こえ》を出《だ》すことなんかとてもできなかった。

し、しかたがない。

覚悟《かくご》を決《き》めて、ここで犯人《はんにん》の顔《かお》をおがもう。

だけどそうしたら私《わたし》は、ただ1人《ひとり》の目撃者《もくげきしゃ》になるんだよねぇ。

なんか、やな感《かん》じ、ゾクゾクゾク。

足音《あしおと》は、扉《とびら》のすぐ下《した》まできていた。

私《わたし》はこわくて目《め》をつぶりたかったけれど、つぶっていたら顔《かお》が見《み》えない。
必死《ひっし》の思《おも》いで、目《め》に力《ちから》を入《い》れてぎゅうっと見開《みひら》いていた。
えーい、負《ま》けるもんかっ！
そのとき、足音《あしおと》がピタリと止《と》まった。
私《わたし》は息《いき》をつめた。
そのまま10秒《びょう》、20秒《びょう》、静《しず》けさが続《つづ》く。
体中《からだじゅう》から冷《ひ》や汗《あせ》がふきだすような気《き》がした。
どうしたんだろう。
あんなにせまくて暗《くら》いところで、いったいなにをしているんだろう。
次《つぎ》の瞬間《しゅんかん》、足音《あしおと》が再《ふたた》びひびいた。
今度《こんど》こそ、来《く》るっ！
私《わたし》は緊張《きんちょう》で体中《からだじゅう》がこわばるような気《き》がした。
でも、でもっ！
足音《あしおと》はそこからひき返《かえ》し、階段《かいだん》を下《くだ》っていったのだった。

どんどん音《おと》が小《ちい》さくなっていって、やがてはじめのときと同《おな》じにカチャンという音《おと》がして、それですべてが消《き》えた。

「ふ――っ」

おもわずため息《いき》が出《で》た。

いったい、なんだったんだろう。

なんのために階段《かいだん》を往復《おうふく》したんだろう。

そもそも、あの足音《あしおと》のぬしは、だれっ!?

いくつものハテナが、私《わたし》の頭《あたま》で渦《うず》をまいた。

私《わたし》は、コンコンと頭《あたま》をたたきながらカーテンの中《なか》から出《で》て、とにかくまず、かくし階段《かいだん》の出入《でい》り口《ぐち》を閉《し》めた。

これで、証拠隠滅《しょうこいんめつ》っ!

私《わたし》とプランスがここに入《はい》ったことは、だれもしらないっと。

それで、ほっとしながら調理室《ちょうりしつ》を出《で》ようとして、たいへんなことに気《き》がついたのだった。

そもそも私《わたし》たち、マカロンを作《つく》るためにここを借《か》りるってことになっていたんだ。

時間《じかん》だけかかってマカロンができていなかったら、怪《あや》しまれるに決《き》まっている。

私《わたし》は大《おお》あわてで、マカロンを作《つく》るべく、材料《ざいりょう》と道具《どうぐ》を集《あつ》めまわった。

えーい、いちばんかんたんな、シンプルなのでいいから、はやくやっちゃおう！

マカロン作《つく》るのって、意外《いがい》とかんたんたんなのよ。

時間《じかん》も、1時間《じかん》あればなんとかなる。

マカロンの皮《かわ》は、卵白《らんぱく》とお砂糖《さとう》をあわ立《だ》てて、これを天板《てんばん》にまるくしぼりだして、しばらくそのままほうって、表面をかわかしておく。

その間《あいだ》に中《なか》にはさむガナッシュ（クリーム）を作《つく》るんだけど、これもかんたん。

卵黄《らんおう》と砂糖《さとう》と牛乳《ぎゅうにゅう》をまぜて、熱《ねっ》して、冷《ひ》やして、洋酒《ようしゅ》をたらすだけ。

で、さっきほうっておいた皮《かわ》をオーブンで6分《ぷん》くらい焼《や》く。

もう一度《いちど》、今度《こんど》は温度《おんど》を下《さ》げて8分《ぷん》焼《や》いて、これで終《お》わり。

皮《かわ》が焼《や》きあがったら、さっき冷《ひ》やしておいたガナッシュをはさめば、できあがりっ！

アリバイ工作《こうさく》も、できあがりよ、うん。

がんばった私《わたし》は、えらいっ！

15
謎《なぞ》だらけのディナー

その日《ひ》の夕食《ゆうしょく》に、プランスはおくれた。
プランスが来《く》るまで、私《わたし》たちはおあずけをくっていたのだった。
ようやく現《あらわ》れたプランスに、姫《ひめ》が言《い》った。
「おそかったじゃない。どうしたの？」
プランスはなにも答《こた》えず、席《せき》についた。
どうしたんだろう。
私《わたし》は、カイのほうを見《み》た。
カイなら、なにかしっているにちがいないと思《おも》ったのよ。
でもカイは、わからないといったように肩《かた》をすくめた。

「僕《ぼく》は、プランスの世話係《せわがかり》じゃないぜ」

まあね。

それで、4人《にん》で夕食《ゆうしょく》をはじめたのだった。

執事《しつじ》やメイドは、お料理《りょうり》を運《はこ》んだり、飲《の》みものをついだりするために、食堂《しょくどう》を出《で》たり入《はい》ったりしていた。

プランスはなんだかふきげんで、あまり食《た》べなかった。

なにか、あったのかな。

心配《しんぱい》しながらも私《わたし》は、しっかり食《た》べてしまった。

メインの料理《りょうり》が終《お》わり、デザートに12種類《しゅるい》のマカロンが出《で》て、紅茶《こうちゃ》がつがれるときになって、姫《ひめ》が言《い》った。

「城《しろ》の封鎖《ふうさ》は、今日《きょう》で終《お》わりにします」

げっ！

そんなことしたら、犯人《はんにん》が猫《ねこ》を持《も》ちだすよっ！

猫《ねこ》が売《う》りとばされたら、どーすんのっ？

「今朝《けさ》、穴《あな》も見《み》つかって、マリー・アントワネットさまが外《そと》に逃《に》げたことははっきりしたし、これ以上《いじょう》、出入《ではい》りを止《と》めておいても意味《いみ》がないと思《おも》うのよね。どう、プランス？」

私《わたし》は、当然《とうぜん》、プランスが反対《はんたい》するにちがいないと思《おも》った。

ところがっ！

プランスは、こう言《い》ったのだった。

「いいんじゃない」

投《な》げやりで、やる気《き》のなさそうな顔《かお》だった。

私《わたし》は、びっくり！

だって犯人《はんにん》の見当《けんとう》をつけて、証拠《しょうこ》を探《さぐ》りだしている最中《さいちゅう》じゃないの。

カイも、驚《おどろ》いたように言《い》った。

「おい、プランス、封鎖《ふうさ》をといてもいいのか」

プランスは、ものうげな無表情《むひょうじょう》のままで答《こた》えた。

「かまわない」

えーっ！

そばには、ちょうどシナモン・マカロンのお皿《さら》を運《はこ》んでいた執事《しつじ》がいて、力強《ちからづよ》くうなずいた。

あのメイドも、さくらんぼマカロンのお皿《さら》を持《も》ってとおりかかって、うれしそうにニッコリ笑《わら》う。

2人《ふたり》とも言葉《ことば》には出《だ》さなかったけれど、心《こころ》ではきっと、

「やった！」

と思《おも》っているのにちがいなかった。

もし執事《しつじ》が犯人《はんにん》なら、これでどうどうと猫《ねこ》を外《そと》に運《はこ》びだせるんだし。

でも、そんなこと、みすみすゆるしていいのだろうか。

ここでそんなことをするのは、いままでの努力《どりょく》をムダにするようなものじゃないの？

えーい、私《わたし》は絶対《ぜったい》、ゆるさないぞっ！

こんな結果《けっか》を見《み》るために、いままでがんばってきたんじゃないもんっ!!

「反対《はんたい》です」

私《わたし》は、立《た》ちあがって言《い》った。

「猫《ねこ》が見《み》つかるまで、封鎖《ふうさ》をとかないほうがいいと思《おも》います」

カイがすかさず言《い》った。

「僕《ぼく》も、そう思《おも》う」

私《わたし》たちは目《め》を見《み》あわせ、おたがいの強《つよ》い気持《きも》ちをたしかめあって、うなずいた。

そうだよねっ！

「あら、そう」

姫《ひめ》がムッとしたように言《い》った。

「でも、ここの主人《しゅじん》は私《わたし》なのよ。すべてのことは、私《わたし》が決《き》めます。封鎖《ふうさ》は、今日《きょう》かぎりで終《お》わりにするんです」

そんなあっ！

「マリー・アントワネットさまは、外《そと》に出《で》たのよ。写真《しゃしん》の入《はい》ったポスターを作《つく》って、近所《きんじょ》や駅《えき》にはりだして探《さが》すことにするわ」

そう言《い》ってから、姫《ひめ》は少《すこ》し顔《かお》をくもらせた。

「でも明日《あした》には、おばあさまが帰《かえ》ってくるのよねぇ。それまでに見《み》つけるのはむずかしいだろうし。帰《かえ》ってきたら、どんなに怒《おこ》られるか。……ねえプランス、私《わたし》をかばってくれる？」

姫《ひめ》は、プランスのほうに体《からだ》をのりだした。

「私《わたし》はせいいっぱいやったって、おばあさまに言《い》ってほしいの。おばあさまをなだめられるのは、あなただけなんだもの」

プランスは、あいかわらずやる気《き》のなさそうな様子《ようす》でうなずいた。

「ああ、いいよ」

姫《ひめ》は、ぱっと顔《かお》を輝《かがや》かせた。

まるでいままでとは別人《べつじん》のように生《い》き生《い》きとして見《み》えた。

「よかったっ！」

おばあさまって、よっぽどこわい人《ひと》なのにちがいないと私《わたし》は思《おも》った。

それにしても、プランスはいったいどうしてしまったのだろう。

猫《ねこ》も謎《なぞ》だけど、プランスも謎《なぞ》だなぁ。

16 ごきげんななめの王子《おうじ》さま

「封鎖《ふうさ》をとくことに賛成《さんせい》するなんて、いったいなにを考《かんが》えてんだよ、プランス！」

食事《しょくじ》が終《お》わってから、私《わたし》とカイはプランスの部屋《へや》に集《あつ》まった。

プランスのせいで、カイは、けっこうごきげんななめだった。

私《わたし》もだけどね。

「そのことは、あとで話《はな》す」

プランスは、わずらわしそうに答《こた》えた。

「さきに、スズの報告《ほうこく》を聞《き》こう。足音《あしおと》のぬしはだれだった？」

私《わたし》は、自分《じぶん》が体験《たいけん》したことを話《はな》した。

顔《かお》は、見《み》られなかったこと。

足音《あしおと》は途中《とちゅう》で立《た》ちどまって、しばらくしてひき返《かえ》していったこと。

「顔《かお》を確認《かくにん》できなかったのか。残念《ざんねん》だな。まあ予想《よそう》はついているんだが」

カイがふくれっつらで聞《き》いた。

「やっぱ、執事《しつじ》か？」

プランスはうなずいた。

「あの階段《かいだん》は、執事《しつじ》の部屋《へや》につうじている。だから足音《あしおと》のぬしは、たぶん執事《しつじ》だ。この城《しろ》を管理《かんり》する立場《たちば》だから、かくし階段《かいだん》のありかについて知識《ちしき》をもっていてもおかしくない」

そうよね。

「途中《とちゅう》でひき返《かえ》していったのは、つまり、かくし戸棚《とだな》になにかを入《い》れにきたか、あるいはそこからなにかを出《だ》しにきたか、どちらかだろう」

なるほど。

あの戸棚《とだな》は、調理室《ちょうりしつ》から出《で》てすぐのところにあったもんね。

「でも、なにを入《い》れたり出《だ》したりしたんだろ？」

私《わたし》が聞《き》くと、プランスは、首《くび》をかしげた。

「さあな」

そうして話《はな》していると、あのときのせっぱつまった気持《きも》ちが思《おも》いだされてきて、私《わたし》は心《しん》臓《ぞう》がドキドキした。

「まさかひき返《かえ》していくなんて思《おも》わなかったから、出入《でい》り口《ぐち》から出《で》てくるにちがいないと思《おも》って、すっごく緊張《きんちょう》したんだ」

するとカイが大《おお》きな手《て》を私《わたし》の頭《あたま》の上《うえ》において、くちゃっとかきまわす。

「ごくろうさん」

ふにゃあ……。

カイに頭《あたま》なでられるの、すごく好《す》きだなぁ。気持《きも》ちがなめらかになるような気《き》がするんだもの。

私《わたし》が目《め》を上《あ》げると、カイはこっちを見《み》て笑《わら》った。

「がんばったスズは、えらいぞ！」

心《こころ》をまるごとつつみこむようなほほえみだった。

それを見《み》ていたら、なんだかもっとがんばれそうな気《き》がした。

不思議《ふしぎ》だなぁ。

「で、次《つぎ》は、どうするんだ、プランス？」

そう言《い》ったカイは、もうすっかりきげんを直《なお》していた。

いつまでもいやなことをひきずらないのは、カイの長所《ちょうしょ》だよね。

イレブンだからかな。

栄光《えいこう》の名《めい》ストライカーだもんね。

「とにかくいそいで、猫《ねこ》を探《さが》すしかないよな。だれかさんのおかげで、明日《あした》には出入《ではい》りが自由《じゆう》になっちまうんだしさ」

イヤミを言《い》われて、プランスは大《おお》きなため息《いき》をついた。

「封鎖《ふうさ》をとくことに賛成《さんせい》したのは、姫《ひめ》の言《い》うとおり、もう封鎖《ふうさ》に意味《いみ》がなくなったからだ。

ただしその理由《りゆう》は、姫《ひめ》と同《おな》じじゃないけどね」

はぁ？

「説明《せつめい》しろよ」

カイが椅子《いす》から身《み》をのりだす。

「なんで封鎖《ふうさ》に意味《いみ》がなくなったんだ」

プランスは椅子《いす》の背《せ》にもたれかかり、天井《てんじょう》をあおいだ。

「封鎖《ふうさ》は、猫《ねこ》を外《そと》に運《はこ》びださせないためだった。この敷地内《しきちない》に確保《かくほ》しておけば、探《さが》しやすいからな」

うん。

「だが、それは猫《ねこ》が生《い》きていて、とりもどす意味《いみ》がある場合《ばあい》だけだ。死体《したい》をとりもどしてもしかたがない」

え……。

「猫《ねこ》は、もう生《い》きていないだろう」

がーんっ！

「死体《したい》を手《て》に入《い》れても、どうしようもないからな。お祖母《ばあ》さまにショックを与《あた》えるくらいなら、逃亡《とうぼう》したことにしておいたほうがいいくらいだ」

カイと私《わたし》は、同時《どうじ》にさけんだ。

「生《い》きてないって、なんでわかるのっ？」

プランスはまたも、大《おお》きなため息《いき》をついた。

「生《い》きていると、なにかを食《た》べるだろ。どこかにかくしておくにしても、とにかく食《く》わせなきゃならん。ましてや、あの猫《ねこ》はメタボだ。よく食《た》べるはずだ。しかもキャットフードしか食《た》べない。この城《しろ》はいま、封鎖《ふうさ》されている。外《そと》からキャットフードを買《か》ってくることはできない。調理室《ちょうりしつ》の冷蔵庫《れいぞうこ》か、貯蔵庫《ちょぞうこ》から出《だ》すしかないんだ。私《わたし》が今夜《こんや》の夕食《ゆうしょく》におくれたのは、それらの出《だ》し入《い》れについて書《か》いてある倉庫《そうこ》の帳簿《ちょうぼ》や、調理室《ちょうりしつ》のキャットフードの量《りょう》を調《しら》べていたからだ」

う……、よく考《かんが》えついたよねぇ。

「あの猫《ねこ》は毎日《まいにち》、猫用《ねこよう》カンヅメを5缶《かん》と、ドライフードを5袋《ふくろ》食《た》べていた」

げっ、すごい大食《おおぐ》らい。

「だが猫《ねこ》が姿《すがた》を消《け》してから、カンヅメもドライフードも、まったく減《へ》っていない。つまり猫《ねこ》はこの敷地内《しきちない》にいながら、食料《しょくりょう》を食《た》べていないんだ」

私《わたし》は、カイと顔《かお》を見《み》あわせた。

「生《い》きている猫《ねこ》が、食《た》べないことはありえない。食《た》べないのは、死体《したい》だからだ」

死《し》んじゃったんだぁ……。

「それで城《しろ》の封鎖《ふうさ》をといたほうがいいと考《かんが》えた。犯人《はんにん》をおびきだすためだ。封鎖《ふうさ》しっぱなしだったら、犯人《はんにん》は動《うご》かないが、封鎖《ふうさ》がとかれれば宝石《ほうせき》のついた猫《ねこ》か、あるいは猫《ねこ》からとった宝石《ほうせき》を外《そと》に持《も》ちだそうとするだろう。かくし場所《ばしょ》は、おそらくあの戸棚《とだな》だ。階段《かいだん》にひそんでいて、犯人《はんにん》がとりだしにきた瞬間《しゅんかん》を写真《しゃしん》に撮《と》れば、それが証拠《しょうこ》になる」

カイが、ぽつんと言《い》った。

「犯人《はんにん》が、殺《ころ》したのかな」

プランスは、わからないといったようにかるく首《くび》をふった。

「さあね。生《い》きている猫《ねこ》より、死《し》んでいるほうがかくしやすいことはたしかだが」

私《わたし》はマリー・アントワネットの肖像画《しょうぞうが》を思《おも》いうかべた。

はじめ見《み》たときは生意気《なまいき》そうって思《おも》ったけれど、死《し》んだとなるとなんだか、かわいそう。

「殺《ころ》すほど、にくらしかったってことかな？」

私《わたし》が聞《き》くと、プランスは肩《かた》をすくめた。

「最初《さいしょ》からそのつもりじゃなくても、傲慢《ごうまん》な猫《ねこ》にかかわっていて、途中《とちゅう》でカッとなることもあるからな」

言《い》いながら眉根《まゆね》をよせる。

「それにしても、どうもすっきりしない。おかしなことが多《おお》すぎる」

え……おかしなことって？

私《わたし》がじっと見《み》つめていると、プランスはすぐそれに気《き》づいて、説明《せつめい》してくれた。

カンは、ものすごくいいんだよね。

悪《わる》いのは、性格《せいかく》だけなんだ。

「まず、猫《ねこ》の逃《に》げた方向《ほうこう》が逆《ぎゃく》だったってこと」

ああ、あれね。

私《わたし》、もう忘《わす》れかけてたけど。

「第《だい》2は、執事《しつじ》が犯人《はんにん》だとすると、私《わたし》たちの目《め》の前《まえ》で猫《ねこ》を逃《に》がして、さらにそれをつかまえて、かくしてからホールまで走《はし》ってきたってことになる。猫《ねこ》をかくすだけだって、たいへんじゃないか。それだけしていると、かなりの時間《じかん》がかかるはずだ。ホールにやってきたのがはやすぎる」

ふむ。

けっこうこまかくチェックしてるのね。

「さらに、玄関前《げんかんまえ》のしげみと立《た》ち木《き》の間《あいだ》の道《みち》は、4、5メートルあったはずだ。メタボな猫《ねこ》が一瞬《いっしゅん》で走《はし》りぬけられるとは思《おも》えない」

ま、それはそうだけど、でも、すごくはやかったよ。

「もう1つ、あのかくし階段《かいだん》の妙《みょう》なにおいの正体《しょうたい》はなにか」

さあ……。

「理由《りゆう》のわからないことがあると、私《わたし》は非常《ひじょう》にふゆかいになる」

へえ、そうなの。

「ふゆかいをとおり越《こ》すと、やる気《き》がまったくなくなる。倦怠感《けんたいかん》におそわれて、ベッドから出《で》たくなり、できれば冬眠《とうみん》したいくらいな気分《きぶん》になるんだ」

まあ、特殊体質《とくしゅたいしつ》ね。

私《わたし》なんかいつも、わからないことだらけだから、あんまり気《き》にならない。

それにすぐ忘《わす》れるしさ。

「プランス」

カイが言《い》った。

「ここでイライラしたりドンヨリしたりしているよりも、行動《こうどう》したほうがいいよ。かくし階段《かいだん》とかかくし戸棚《とだな》の存在《そんざい》がわかっているのなら、そこに行《い》ってみたり、戸棚《とだな》を開《あ》けたりしてみたらどう？　新《あたら》しい手《て》がかりが見《み》つかるかもしれないじゃん」

私《わたし》はおもわず、ぶるっと体《からだ》をふるわせた。

あのときの激《はげ》しいストレスが胸《むね》によみがえったのよ。

「あそこに入《はい》るんだったら、執事《しつじ》をどこかに誘《さそ》いだしておかないとダメよ。すっごく、こわかったもん」

プランスはちょっと笑《わら》って立《た》ちあがった。

「おまえは、来《こ》なくていいよ。私《わたし》たちが行《い》く。あ、カイ、懐中電灯《かいちゅうでんとう》を持《も》ってくれ」

それで２人《ふたり》で出《で》ていこうとしたのよ。

ひどい、私《わたし》は仲間《なかま》はずれなのっ！

そんなこと、させるもんか。

「待《ま》ってよ。懐中電灯《かいちゅうでんとう》は、私《わたし》が持《も》つ。さあ行《い》こう」

こわいけど、仲間《なかま》はずれよりましだもん、
がんばるっ！

17 かくし戸棚《とだな》の中《なか》のもの

「カイ、おまえは執事《しつじ》の部屋《へや》を訪問《ほうもん》して、話《はなし》でもして注意《ちゅうい》をひきつけておいてくれ。ついでに様子《ようす》を探《さぐ》ってもらえるとありがたい」

「オッケ」

カイは、かるく片手《かたて》を上《あ》げて部屋《へや》から出《で》ていった。

それを見《み》おくってから私《わたし》とプランスは調理室《ちょうりしつ》にむかい、あのかくし階段《かいだん》の出入《でい》り口《ぐち》を開《ひら》いたのだった。

「また、このにおいだ」

プランスが絹《きぬ》のハンカチで鼻《はな》をおおう。

「いったいなんのにおいだ」

なんだろうね。

「足音《あしおと》をさせるなよ」

懐中電灯《かいちゅうでんとう》でまっくらな階段《かいだん》を照《て》らしながら、私《わたし》はそうっと下《くだ》った。

コトリとでも音《おと》をさせたら、プランスににらみ殺《ころ》されそうだったんだもの。

あのかくし戸棚《とだな》のところまでくると、プランスは足《あし》を止《と》めた。

「ここを照《て》らせ」

私《わたし》は、言《い》われるとおりにした。

よく見《み》れば、その壁《かべ》には30センチ四方《しほう》のきりこみが入《はい》っていた。

でもとっ手《て》はなく、どうやって開《あ》けるのかわからない。

プランスは、その中心《ちゅうしん》を押《お》したり、はじを押《お》したり、またきりこみにそって指《ゆび》さきでなぞったりしていたけれど、戸棚《とだな》は微動《びどう》もしなかった。

私《わたし》は、懐中電灯《かいちゅうでんとう》をさしあげている腕《うで》がしだいにつかれてきた。

少《すこ》しずつ位置《いち》が下《さ》がってくる。

そのたびにプランスが言《い》うのだった。

「上《あ》げろ」

わーん、もうつかれたよ。

おまけに眠《ねむ》いし。

いい子《こ》は、お休《やす》みの時間《じかん》なんだよ。

「ねえ、もうもどらない？」

私《わたし》が言《い》うと、プランスは、氷《こおり》のように冷《つめ》たく鋭《するど》い視線《しせん》をこちらにむけた。

「役立《やくた》たず」

しくしくしく……。

「もういい、私《わたし》がやる。懐中電灯《かいちゅうでんとう》をこっちにかせ」

私《わたし》の手《て》から奪《うば》いとった懐中電灯《かいちゅうでんとう》を片手《かたて》に、プランスは奮戦《ふんせん》した。

やることがなくなって私《わたし》は退屈《たいくつ》し、階段《かいだん》にしゃがみこんで壁《かべ》にもたれた。

そのとき、わき腹《ばら》になにかが当《あ》たったのよ。

見《み》れば、壁《かべ》の木《き》のすき間《ま》から長《なが》さ5ミリくらいの、つまようじみたいな棒《ぼう》が出《で》ていた。

なんだろ、これ。

木材《もくざい》のささくれかなあ。

やることもなかったし、妙《みょう》に気《き》になったので、私《わたし》はそれをいじっていた。

すると、急《きゅう》にガクッと音《おと》がしたの。

げっ、なんか、やっちゃったみたい……。

私《わたし》は、また怒《おこ》られるんじゃないかと思《おも》って、あわててそれをはなし、しらないふりをしてプランスを見《み》あげた。

すると、プランスの頭《あたま》のむこうにあった壁《かべ》のきりこみが、ふたでもずらしたかのようにわずかに横《よこ》に動《うご》いているのが見《み》えたっ！

プランスは目《め》をやさしくして私《わたし》を見下《みお》ろし、まるで聖母《せいぼ》さまのように美《うつく》しいほほえみをうかべた。

「おまえのドジも、たまには役《やく》にたつな。いや、ドジに見《み》えるが、じつはそれは才能《さいのう》なのかもしれない。人間《にんげん》には、いろいろな能力《のうりょく》があるものだからな」

これって、ほめられてるんだよね？

「私《わたし》も、少《すこ》しおまえを見《み》なおすことにしよう」

私《わたし》は、かなり気分《きぶん》をよくして立《た》ちあがった。

そしてプランスに手《て》をかし、2人《ふたり》でそのかくし戸棚《とだな》を開《ひら》いたのだった。

もしかして猫《ねこ》の死体《したい》が入《はい》っているかもしれないと考《かんが》えると、ドキドキした。

でもじっさいに開《あ》けてみると、中《なか》に入《はい》っていたのは手《て》ざわりのいい小《ちい》さな布《ぬの》の袋《ふくろ》だった。

「なんだろ」

「開《あ》けてみろ」

プランスに言《い》われて、私《わたし》はその袋《ふくろ》を開《ひら》いた。

中《なか》に入《はい》っていたのは、ペンダントだった。

白《しろ》い革《かわ》のヒモのさきには、大《おお》きなダイヤモンドっ！

「これっ、マリー・アントワネットの首輪《くびわ》じゃない？」

そう言《い》いながら、ぞくっとした。

だってマリー・アントワネットの宝石《ほうせき》のついた首輪《くびわ》は、鍵《かぎ》がないとはずれないようになっているって言《い》っていた。

それがはずれてここにあるってことは、もしかして、マリー・アントワネットを切断《せつだん》っ？

ひえぇぇぇ……。

「いいや」

それを手《て》にとったプランスが、懐中電灯《かいちゅうでんとう》の光《ひかり》にかざして見《み》てから首《くび》を横《よこ》にふった。

「このダイヤは、ニセモノだ」

ってことは……。

私《わたし》の頭《あたま》には、切断《せつだん》のイメージが強烈《きょうれつ》に焼《や》きついていたので、そこから考《かんが》えをはなすことができなかった。

「ってことは、マリー・アントワネットが首《くび》にかけていたのは、ニセモノの宝石《ほうせき》だったってこと？」

プランスは、ちょっと笑《わら》った。

「いや、私《わたし》も以前《いぜん》に見《み》たことがあるが、猫《ねこ》がつけていたのは本物《ほんもの》だった」

じゃ、なんでこんなのがここにあるの？

「ニセモノの首輪《くびわ》をわざわざ作《つく》って、ここにかくしたということになるな。それは、なぜか……」

なんなの？

「そうか」

雪《ゆき》のように真《ま》っ白《しろ》なプランスのほおがしだいにピンク色《いろ》に染《そ》まっていき、目《め》には強《つよ》い光《ひかり》がきらめきだして、さっきまでとは別人《べつじん》のようになった。

「わかったぞ」

え？

「これは、偶然《ぐうぜん》に逃《に》げだした猫《ねこ》をめぐる騒動《そうどう》なんかじゃない。もっと巧妙《こうみょう》にしくまれ、準《じゅん》備《び》されたワナなんだ」

私《わたし》にはまったく、なんにもわからなかった。

きょとんとしていると、プランスは戸棚《とだな》の中《なか》のほうに体《からだ》をのりだした。

「入《はい》っているのは、これだけかな」

懐中電灯《かいちゅうでんとう》で中《なか》を照《て》らしながら、ふと声《こえ》をあげる。

「なんだ、これは」

私《わたし》がのぞいてみると、戸棚《とだな》の底《そこ》にかすかに、まるい輪《わ》のようなあとがこびりついているのが見《み》えた。

直径《ちょっけい》が8センチほどで、黒《くろ》っぽい。

「ああ、これはきっとなにかをおいたあとよ」

すぐにそうわかって、私《わたし》はうれしくなった。だってプランスにわからなくて私《わたし》にわかることなんて、めったにないんだもの。

「ほら、テーブルにコップとかカップをおくと、側面《そくめん》や底《そこ》についていた水《みず》とか、こぼれたミルクとかが、輪《わ》になって残《のこ》るでしょ」

プランスは、不思議《ふしぎ》そうな顔《かお》で私《わたし》を見《み》た。

「おまえの家《いえ》には、コースターやソーサーがないのか」

悪《わる》かったわねっ！

「とにかく、ここにはなにかがおいてあった

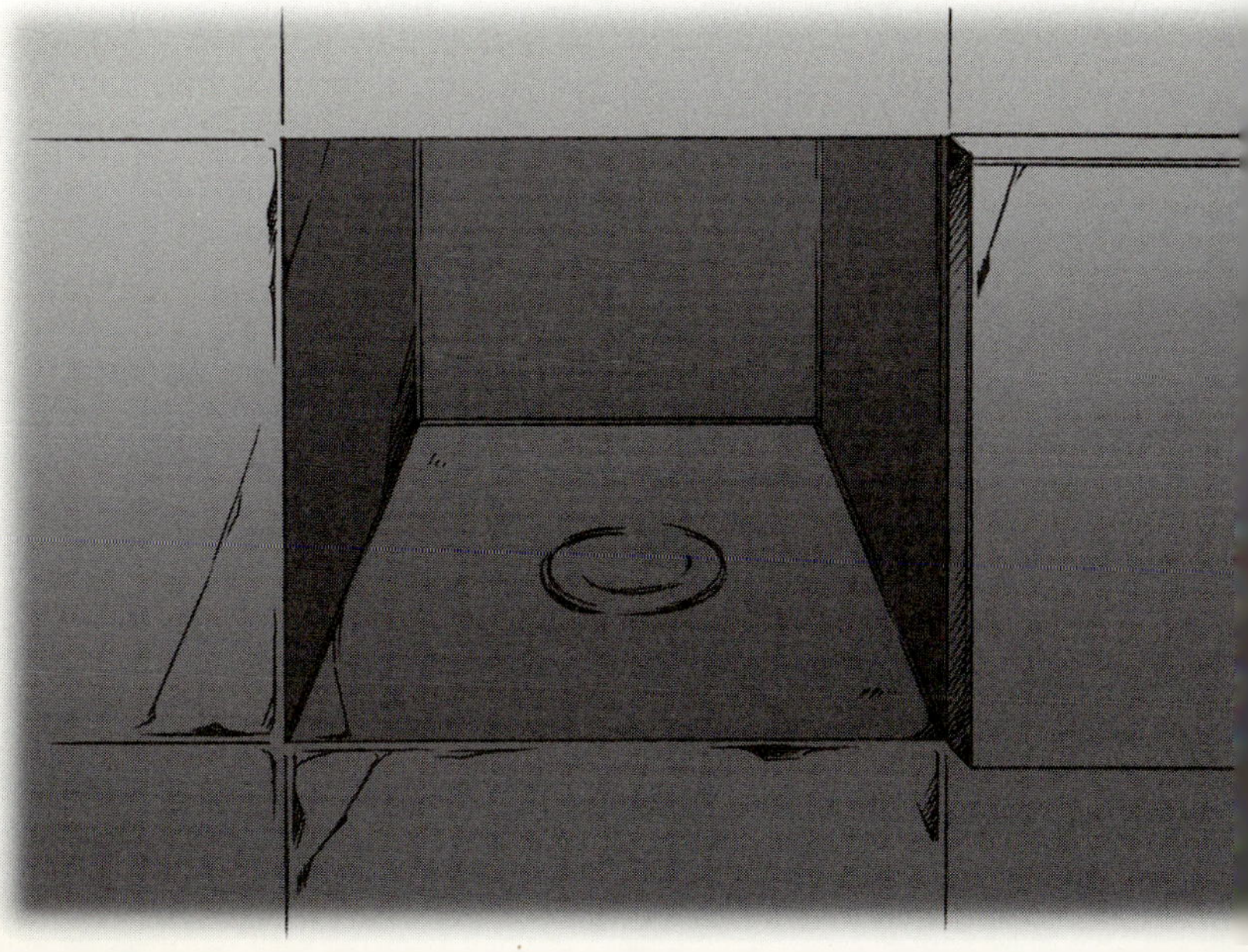

のよ。黒《くろ》いものが入《はい》ったなにかが、ね」

プランスは、しばし考《かんが》えこんでいたが、やがて布袋《ぬのぶくろ》を私《わたし》にわたし、戸棚《とだな》をもとどおりに閉《し》めた。

「下《した》のほうをたしかめてくる。ここで待《ま》っていろ」

そう言《い》って私《わたし》に懐中電灯《かいちゅうでんとう》をおしつけ、1人《ひとり》で階段《かいだん》を下《くだ》っていったのだった。

その姿《すがた》が闇《やみ》の中《なか》に消《き》えて、1分《ぷん》がたち、2分《ふん》がたち、3分《ぷん》、4分《ぷん》と時間《じかん》が流《なが》れて、私《わたし》は、しだいにこわくなった。

もしかして、この階段《かいだん》のどこかにマリー・アントワネットの死体《したい》があるのかも。

そう考《かんが》えると、もうたまらなくゾクゾクしてきて、それで、プランスのそばに行《い》こうと思《おも》ってあとを追《お》いかけたの。

階段《かいだん》を下《お》りれば下《お》りるほど、奇妙《きみょう》なにおいは強《つよ》くなってきて、しまいには耐《た》えられないほどになった。

しかたなく、私《わたし》は途中《とちゅう》でしゃがんで、プランスがひき返《かえ》してくるのを待《ま》つことにした。

そのまま立《た》っていたら、ふらっとして転《ころ》げ落《お》ちそうだったのよ。

そんなことになったら、大《おお》きな音《おと》がするじゃない。

私《わたし》、重《おも》いしさ。

執事《しつじ》に聞《き》こえてしまうもの。

「大丈夫《だいじょうぶ》か？」

間《ま》もなくプランスがもどってきて、私《わたし》を見《み》つけた。

「ああ、立《た》たなくていい。ムリをするな」

そう言《い》いながら腕《うで》をのばして私《わたし》を抱《だ》きあげ、そのまま階段《かいだん》を上《のぼ》って出入《でい》り口《ぐち》まで運《はこ》んでくれた。

「もとのところにいればよかったのに」

「なんか、こわくって。ごめんね」

そう言《い》うと、プランスは小《ちい》さく笑《わら》った。

「あやまる必要《ひつよう》はない」

けっこうやさしかった。

かくし扉《とびら》から出《で》て、調理室《ちょうりしつ》の新鮮《しんせん》な空気《くうき》をすうと、ほっとした。

「いちばん下《した》の階段《かいだん》に、においの原因《げんいん》がこぼれていた。これだ」

そう言《い》いながらプランスは、片手《かたて》を出《だ》した。

そのてのひらが、真《ま》っ黒《くろ》になっていた。

わずかににおいもする。

「なに、それ？」

私《わたし》が聞《き》くと、プランスは不敵《ふてき》な感《かん》じのする笑《え》みをうかべた。

「たぶん、かくし戸棚《とだな》の中《なか》に残《のこ》っていたものと同《おな》じだ。はっきりたしかめてから教《おし》えてやる」

でも、なんでそれが階段《かいだん》にこぼれてたの？

「だんだんわかりかけてきたぞ。さ、行《い》こう」

私《わたし》の手《て》から首輪《くびわ》の入《はい》った袋《ふくろ》をとりあげ、プランスは自分《じぶん》のポケットに入《い》れた。

「あと少《すこ》しで謎《なぞ》がとける」

うれしそうだったけれど、私《わたし》は頭《あたま》がこんがらかるばかりっ！

なにがなにやら、さっぱりわからなかった。

う〜ん、私《わたし》って、やっぱ頭悪《あたまわる》いのかなぁ……。

18 決《き》め手《て》となる報告《ほうこく》

プランスの部屋《へや》にもどると、カイはまだ帰《かえ》っていなかった。

「微量《びりょう》だが、なんとか分析《ぶんせき》できるかな」

プランスは、自分《じぶん》の汚《よご》れた手《て》を見《み》ながらそう言《い》い、ガラス窓《まど》でかこまれた実験室《じっけんしつ》に入《はい》っていった。

私《わたし》はすることもなかったので、ヒマにまかせて、昼間《ひるま》作《つく》った自分《じぶん》のマカロンを食《た》べた。

あわてて作《つく》ったせいで、ちと味《あじ》がよくない。

なにせアリバイ用《よう》だったし、いそいでいたんでアーモンドパウダーとか入《い》れなかったし、心《こころ》をこめてる時間《じかん》もなかったもんね。

うーん、致命的《ちめいてき》だったのはどっちだろう、アーモンドパウダーか、それとも心《こころ》か。

私《わたし》が悩《なや》んでいる間《あいだ》にカイが帰《かえ》ってきて、私《わたし》の顔《かお》を見《み》るなり、こう言《い》った。

「執事《しつじ》は、なにかかくしているよ」

やっぱりね。

ガラスばりの実験室《じっけんしつ》の中《なか》では、プランスが試験管《しけんかん》をふっている。

私《わたし》がドアをたたくと、中《なか》から声《こえ》がした。

「いま、手《て》がはなせない。聞《き》こえてるから話《はな》してくれ。執事《しつじ》はなにをかくしてるんだ」

カイは、ちょっと首《くび》をかしげた。

「そこまではわからない。でも話《はなし》をしていると、なんでもないところで言葉《ことば》をきって考《かんが》えこんだりするんだ。かくしごとをしゃべらないように警戒《けいかい》してるって感《かん》じさ」

話《はな》しながらカイは、私《わたし》のマカロンをつまむ。

「げっ、これ、すごくまずいじゃん」

むっ！

「いままでずっとうまかったのに、急《きゅう》にどうしたんだろ。作《つく》る人間《にんげん》がかわったのかな」

私《わたし》にかわったのよっ。

いやなら食《く》うな。

「でも執事《しつじ》について言《い》えば、たしかにかくしごとはしてるけど、そんなに悪《わる》い人《ひと》だとは思《おも》えなかったな」

ふうん。

「シフォンのこともかわいがってて、元気《げんき》がないって心配《しんぱい》してたし」

あら、元気《げんき》がないの？

「シフォンは、まだつながれてるんだよ。マリー・アントワネットがいなくなったんだから、もう自由《じゆう》にしてやればいいのにさ。姫《ひめ》に怒《おこ》られるのかな」

気《き》の毒《どく》そうに言《い》ったカイに、プランスが聞《き》いた。

「どこにつないであるの」

カイはため息《いき》をつく。

「ベッドの足《あし》。けっこう太《ふと》い首輪《くびわ》をつけてある。あれ、犬用《いぬよう》のじゃないかな」

プランスは急《きゅう》に試験管《しけんかん》をおき、ガラスのドアを開《あ》けてこちらに出《で》てきた。

電話機《でんわき》に歩《あゆ》みより、内線番号簿《ないせんばんごうぼ》を広《ひろ》げてどこかに電話《でんわ》をかける。

ようにしてくれた。

私《わたし》が聞《き》くと、だまったままハンズフリーのボタンを押《お》して、むこうの声《こえ》が部屋《へや》に流《なが》れるようにしてくれた。

「はい、こちらガードマン室《しつ》です」

ガードマンになんの用《よう》なんだろ。

カイと顔《かお》を見《み》あわせる私《わたし》の前《まえ》で、プランスはさりげない口調《くちょう》で聞《き》いた。

「明日《あした》の分別《ぶんべつ》ゴミは、なに？」

えーっ、いきなりその質問《しつもん》ってなによっ？

なんの関係《かんけい》があるのっ！

「明日《あした》は、燃《も》えないゴミです。ビンとカン」

「出《だ》すぶんは、どこにおいてある？」

「門《もん》の内側《うちがわ》のゴミおき場《ば》です。ガードマン室《しつ》の前《まえ》ですよ」

「わかった。この家《いえ》に出入《でい》りしているペット屋《や》は、たしか私《わたし》の家《いえ》と同《おな》じ『マイハマ』だったと思《おも》ったが、最近《さいきん》、この家《いえ》に顔《かお》を見《み》せたか？」

うーん、これも意味不明《いみふめい》だぁ……。

ガードマンなら、たしかに家《いえ》の出入《ではい》りはチェックしているはずだけど、そんなことを聞《き》いてどうするんだろ。

「ええ、2週間前《しゅうかんまえ》に来《き》ました」

プランスは、目《め》を輝《かがや》かせた。

「だれのところに？」

「執事《しつじ》さんです」

「『マイハマ』の電話番号《でんわばんごう》を教《おし》えてくれ」

番号《ばんごう》を聞《き》いてプランスは電話《でんわ》をきり、カイのほうを見《み》た。

「すぐガードマン室《しつ》の前《まえ》まで行《い》ってきてくれないか。燃《も》えないゴミの袋《ふくろ》の中《なか》に、ひどくにおうものが入《はい》っているビンかカンがあるはずだ。それをとってきてほしい」

わかったっ！

戸棚《とだな》の中《なか》にかくしていたそれを、だれかが今日《きょう》あそこから出《だ》して、明日《あした》のゴミに捨《す》てようとしていたのね。

「これと同《おな》じ色《いろ》だ」

プランスは、黒《くろ》くなっている片手《かたて》を出《だ》してみせた。

「かくし階段《かいだん》の下《した》にこぼれていたんでこすりつけてきたが、微量《びりょう》すぎて分析《ぶんせき》がむずかしいんだ」

カイは強《つよ》くうなずき、すぐさま立《た》ちあがった。

「行《い》ってくる。かならず見《み》つけてくるよ」

がんばれ、カイっ！

カイが出《で》ていくと、プランスはまたも電話《でんわ》をとりあげ、今度《こんど》はペット屋《や》にかけた。

「『マイハマ』さん？　風祭仁《かざまつりじん》ですが、夜《よる》おそくにすみません」

「ああ、風祭《かざまつり》の坊《ぼっ》ちゃんですか。かまいませんよ。新《あたら》しいペットでもお飼《か》いになりたいんですか？」

「いえ、東城《とうじょう》の家《いえ》のペットのことで聞《き》きたいんです」

「ああ、マリー・アントワネットですか」

ペット屋《や》さんは、よくしゃべった。

夜《よる》だし、お酒《さけ》を飲《の》んでいたのかもしれない。

「あの猫《ねこ》も、私《わたし》がお持《も》ちしたときには、もっとかわいげがあったんですがね。頭《あたま》もよかったし。でもいまじゃ、どうにも手《て》に負《お》えません。大奥《おおおく》さまが甘《あま》やかしすぎるからですよ」

「執事《しつじ》の猫《ねこ》も、おたくが斡旋《あっせん》したんですか」

え……いきなりシフォンの話《はなし》？

「ええ、そうですよ。急《きゅう》にペルシャ猫《ねこ》がほしいって言《い》われて、あわてて探《さが》しました。でも完全《かんぜん》に真《ま》っ白《しろ》なのでないといけないっていうんで、苦労《くろう》しましたよ」

えっ、シフォンは、黒《くろ》よ、真《ま》っ黒《くろ》よっ！

「ま、お客《きゃく》さまのわがままには、なれてますけどね」

このペット屋《や》さんは、やっぱりお酒《さけ》を飲《の》んでいるのにちがいないと私《わたし》は思《おも》った。

だって、シフォンの色《いろ》をまちがえている。

毎日《まいにち》たくさんの注文《ちゅうもん》をあつかっているし、ゴチャゴチャになってるんだ。

でもプランスは、聞《き》き返《かえ》しもしないでそのまま続《つづ》けた。

「その白《しろ》い猫《ねこ》を届《とど》けていただいたのが、２週間前《しゅうかんまえ》ですよね」

「ええ、そうですよ。大奥《おおおく》さまと奥《おく》さまがちょうど旅行《りょこう》にお出《で》かけになるときで、ああだからこの日《ひ》を選《えら》んだんだなぁって思《おも》いましたから。だって執事《しつじ》さんが猫《ねこ》を飼《か》うなんてわかったら、あのお２人《ふたり》が反対《はんたい》するに決《き》まってますもん。お城《しろ》には、もうマリー・アントワネットがいるんですから」

そう言《い》われてみれば、主人《しゅじん》が猫《ねこ》を飼《か》っているというのに、使用人《しようにん》が新《あたら》しく猫《ねこ》を飼《か》うなんて、あんまりないことよね。

いくら飼《か》いたくても、ふつうは、遠慮《えんりょ》するもん。

「でも、こう言《い》っちゃやなんですが、その猫《ねこ》、すぐ返《かえ》してきたんですよ」

えぇーっ！

「やっぱりマリー・アントワネットとうまくいかないとかでね。だから最初《さいしょ》からそういったのに、ぜんぜん耳《みみ》をかさないんだから。しかたがないんでひきとりましたけどね」

どうなってるの？

電話《でんわ》をきってプランスは、両手《りょうて》を強《つよ》くにぎりしめた。

「よし、すっかりわかった」

なにが、どうして、どうなったのっ！

私《わたし》には、まったくチンプンカンプンっ!!

「カイがもどってきて、分析《ぶんせき》ができれば完璧《かんぺき》だ」

私《わたし》がブンブン首《くび》を横《よこ》にふっていると、プランスは、くすっと笑《わら》った。

「お子《こ》さまは、もう寝《ね》る時間《じかん》だ。おとなしく、部屋《へや》にもどれ。明日《あした》、話《はな》してやる」

19 思《おも》いがけずスパイになって

その夜《よる》を、私《わたし》はハテナ・マークだらけですごした。

だって、どう考《かんが》えてもわからないいんだもの。

あれだけの材料《ざいりょう》でわかるプランスの頭《あたま》って、いったいどうなってるんだろう。中《なか》を開《ひら》いてみたいな。

こんなにハテナだらけじゃ、眠《ねむ》れそうもない。

と思《おも》ったんだけれど、いつの間《ま》にかしっかり寝《ね》ていて、マカロンに押《お》しつぶされる夢《ゆめ》まで見《み》た。

朝《あさ》ご飯《はん》のときに、プランスが説明《せつめい》してくれるんじゃないかと思《おも》って期待《きたい》していたのだけれど、プランスは食堂《しょくどう》にやってこなかった。

カイも、来《こ》ない。

しかたなく私《わたし》は1人《ひとり》で食《た》べて、そのあと、2人《ふたり》の部屋《へや》に行《い》ってみた。

プランスの部屋《へや》のドアにはプレートが下《さ》がっていて、こう書《か》かれていた。

「おこすな！」

カイの部屋《へや》のほうは、

「就寝中《しゅうしんちゅう》」

とあった。

きっと2人《ふたり》とも、夜《よる》おそくまで活動《かつどう》していたのにちがいない。

はたして、謎《なぞ》は、完璧《かんぺき》にとけたのだろうか。

私《わたし》が自分《じぶん》の部屋《へや》にもどろうとして廊下《ろうか》を歩《ある》いていると、むこうからあわただしそうにメイドたちがやってきて、わきをとおり過《す》ぎていった。

「もう、大奥《おおおく》さまたちのお帰《かえ》りの日《ひ》なのね」

「2週間《しゅうかん》なんて、あっという間《ま》ね」

「またいそがしくなるわぁ」

姫《ひめ》の祖母《そぼ》と母親《ははおや》が帰《かえ》ってくるらしい。

マリー・アントワネットの逃亡《とうぼう》については、プランスが姫《ひめ》をかばうってことになっていたけれど、昨日《きのう》は夜中《よなか》までバタバタしていたんだし、謎《なぞ》をとくのにせいいっぱいで、姫《ひめ》のことを考《かんが》えているヒマなんかなかったと思《おも》うのよね。

大丈夫《だいじょうぶ》なんだろうか。

心配《しんぱい》しながら私《わたし》が歩《ある》いていくと、中庭《なかにわ》の並木《なみき》の間《あいだ》から姫《ひめ》が顔《かお》を出《だ》して言《い》った。

「あら、プランスを見《み》なかった？　もうすぐおばあさまとお母《かあ》さまが帰《かえ》ってくるのよ。2《ふた》人《り》に説明《せつめい》しなけりゃならないから、打《う》ちあわせをしておきたいと思《おも》ってるんだけど」

私《わたし》は、ちょっと考《かんが》えてから答《こた》えた。

「まだ寝《ね》ているみたいよ」

「カイも？」

聞《き》かれてうなずくと、姫《ひめ》はそっと体《からだ》をよせてきた。

「ねえ、カイって、彼女《かのじょ》いるの？」

さぁ……。

「ラブラブまでいかなくても、イイセンいってる相手《あいて》なんか、いるのかしら？」

どうかな。

「どんな女《おんな》の子《こ》が好《この》みなの？　おとなし系《けい》？　イケイケ系《けい》？」

はて……。

私《わたし》がなにも答《こた》えられずにいると、姫《ひめ》はあきれたようなため息《いき》をついた。

「あんたって、使《つか》えない子《こ》ね」

むっ！

「電話番号《でんわばんごう》を教《おし》えてあげるから、カイの情報《じょうほう》を集《あつ》めたら連絡《れんらく》してよ」

むむっ！

なんで私《わたし》が、そんなことぉっ!!

冗談《じょうだん》じゃないわよ。

「あら、不満《ふまん》そうね。じゃ、交換条件《こうかんじょうけん》を出《だ》すわ。1つの情報《じょうほう》につき、マカロン30個《こ》でどう？」

それでおもわず、おもわずっ！

「ん、いいよ」

と言《い》ってしまったのだった。

ああ、私《わたし》って、お菓子《かし》に弱《よわ》い。

カイ、ごめんね。

「姫《ひめ》」

後《うし》ろから声《こえ》をかけられてふりむくと、シフォンを抱《だ》いた執事《しつじ》がこちらにやってくるところだった。

「プランスさまからお電話《でんわ》があり、ホールまで来《き》ていただきたいと」

あ、目《め》がさめたんだ。

「わかったわ。でも、おまえ、なんでシフォンを抱《だ》いているの」

執事《しつじ》は、とまどったような顔《かお》になった。

「それが私《わたし》もホールに来《く》るように言《い》われたんです。……シフォンをつれて」

姫《ひめ》は、首《くび》をかしげた。

「なんなのかしら」

執事《しつじ》の胸《むね》の中《なか》でシフォンは、あいかわらず汚《よご》れたぞうきんみたいに、くてっとしていた。

「おはようございます」

声《こえ》とともに、廊下《ろうか》に面《めん》していたドアが開《ひら》き、中年《ちゅうねん》の男《おとこ》の人《ひと》が顔《かお》を出《だ》す。

ここに来《き》て、はじめて見《み》る顔《かお》だった。

姫《ひめ》がほほえむ。

「まあ、おはようございます、ドクター」

ってことは、お医者《いしゃ》さんなんだ。

人間《にんげん》の医者《いしゃ》はいないって言《い》ってたから、動物《どうぶつ》のお医者《いしゃ》さんね、きっと。

「この時間《じかん》は、朝《あさ》の読書時間《どくしょじかん》のはずじゃなかったんですか」

姫《ひめ》がそう言《い》うと、中年《ちゅうねん》の男《おとこ》の人《ひと》はちょっと笑《わら》った。

「それが、プランスから至急《しきゅう》ホールに来《き》てくれといわれましてね」

私《わたし》は、胸《むね》がどきんとした。

プランスは、みんなを集《あつ》めて、謎《なぞ》ときをするつもりなのにちがいない。

「まあ、もうすぐおばあさまたちが帰《かえ》ってくるってときに、いったいなにを考《かんが》えついたのかしら」

「わかりませんが、とにかくまいりましょう」

「そうですよ。プランスの命令《めいれい》を無視《むし》することはできませんからな」

みんなでそろって、ホールにむかう。

私《わたし》はそのあとから、こっそりついていった。

いよいよ真相《しんそう》があきらかになる。

そう思《おも》うと、ドキドキした。

20 プランスの名推理《めいすいり》

ホールというのは廊下《ろうか》の途中《とちゅう》にある広《ひろ》いスペースで、あのマリー・アントワネットの肖《しょう》像画《ぞうが》がかざられているところだった。

姫《ひめ》たちに続《つづ》いて私《わたし》がホールに入《はい》っていくと、その肖像画《しょうぞうが》の前《まえ》にプランスとカイが立《た》っていた。

「姫《ひめ》」

そう言《い》いながらプランスがこちらに進《すす》みでる。

「もう心配《しんぱい》ないよ。私《わたし》が、マリー・アントワネットを見《み》つけたからね」

え、えぇぇーっ！

びっくりしたのは、私《わたし》ばかりではなかった。

姫《ひめ》も執事《しつじ》もドクターも、口《くち》もきけないほど驚《おどろ》いていた。

それを見《み》て、プランスはニヤリと笑《わら》った。

「おや、うれしくないのかな」

見《み》れば、姫《ひめ》はまっ青《さお》になっていた。

ちっともうれしそうじゃない。

「マリー・アントワネットさえ見《み》つかれば、おばあさまにしかられることもないんじゃないのか」

姫《ひめ》は、必死《ひっし》の顔《かお》でつぶやく。

「そ、そうね。でも、いったいどこにいるっていうの」

プランスは、不敵《ふてき》な笑《わら》いを広《ひろ》げた。

「それを私《わたし》に聞《き》くのか。あなたのほうが、よくしっているんじゃないのかな」

どっ、どういうことよ。

この事件《じけん》には、姫《ひめ》がからんでいるっていうの？

「なにを言《い》っているの」

姫《ひめ》は顔《かお》をひきつらせた。

「意味《いみ》がわからないわ」

プランスは、姫《ひめ》の顔《かお》をじっと見《み》つめていたが、やがてふっと笑《わら》い、執事《しつじ》のほうをむいた。

「では、私《わたし》が探《さが》しだしたマリー・アントワネットをごらんにいれよう」

そう言《い》いながら執事《しつじ》が抱《だ》いているシフォンに手《て》をのばし、それを抱《だ》きとって、カイにわたした。

「首輪《くびわ》をはずせ」

シフォンの首輪《くびわ》は、すごく太《ふと》くてバックル式《しき》になっていた。

カイが片腕《かたうで》でシフォンを抱《だ》き、首輪《くびわ》に指《ゆび》をかける。

音《おと》をたててバックルをはずすと、カイはシフォンの首輪《くびわ》をひきぬいた。

すると、その下《した》から、白《しろ》い革《かわ》のヒモと、ぴかぴかの光《ひかり》をふりまくダイヤモンドが現《あらわ》れたのだった。

これは、まさしくマリー・アントワネットの首輪《くびわ》。

と、いうことはっ！

私《わたし》は目《め》を見開《みひら》いて、カイの抱《だ》いているしょぼくれた黒《くろ》い猫《ねこ》を見《み》た。

このぞうきんみたいなのが、マリー・アントワネットだったのお！

「つまり、こういうことだ」

プランスは静《しず》かに言《い》った。

「姫《ひめ》と執事《しつじ》は、マリー・アントワネットをこの家《いえ》から追《お》いだしたかった。だが、飼《か》い猫《ねこ》が自分《じぶん》から家《いえ》を出《で》ていくことはない。そこで祖母《そぼ》たちの留守《るす》を見《み》はからって、逃亡《とうぼう》したように見《み》せかけることにした」

なるほど。

「まっさきにしなければならなかったことは、祖母《そぼ》が帰《かえ》ってきたときに、怒《おこ》られないようにすることだ。それで祖母《そぼ》から気《き》に入《い》られている私《わたし》を呼《よ》びだした。マリー・アントワネットが逃《に》げたと見《み》せかけておいて、私《わたし》に祖母《そぼ》をなだめさせればいいと考《かんが》えたんだ」

それで大好《だいす》きなゲームの時間《じかん》をさいてまで、プランスを呼《よ》んだのね。

「手順《てじゅん》はこうだ。まず宝飾屋《ほうしょくや》にたのんで、マリー・アントワネットがしている首輪《くびわ》と同《おな》じものを作《つく》らせる。これだ」

言《い》いながらプランスは、かくし戸棚《とだな》から発見《はっけん》したニセのダイヤモンドのついた首輪《くびわ》を出《だ》してみせた。

「さらにドクターにたのんで、マリー・アントワネットに麻酔《ますい》を打《う》つ。そして化学染料《かがくせんりょう》を使《つか》って、白《しろ》い毛《け》を黒《くろ》く染《そ》める。染《そ》めた場所《ばしょ》は、使用人《しようにん》の目《め》につかないかくし階段《かいだん》だ。染《そ》めるときに、染料《せんりょう》がこぼれた」

あの黒《くろ》いのは、染料《せんりょう》だったのねっ！

「染料《せんりょう》の入《はい》っていたビンは、燃《も》えないゴミの日《ひ》の前日《ぜんじつ》まで戸棚《とだな》に入《い》れておいた。で、昨日《きのう》、戸棚《とだな》から出《だ》し、ゴミの袋《ふくろ》にまぜた。これだ」

カイが、染料《せんりょう》の入《はい》ったビンを出《だ》す。

あの階段《かいだん》に漂《ただよ》っていた悪臭《あくしゅう》が、あたりに広《ひろ》がった。

「最初《さいしょ》に、ペット屋《や》に電話《でんわ》をして、白《しろ》い猫《ねこ》を買《か》う。これで準備《じゅんび》ができあがりだ。私《わたし》が来《き》た日《ひ》、ペット屋《や》から買《か》った猫《ねこ》にニセダイヤモンドのついた首輪《くびわ》をして、めだつように逃《に》がす。だが猫《ねこ》をはなすときに、自分《じぶん》の姿《すがた》が見《み》えてはこまる。玄関前《げんかんまえ》にはバラのしげみと杉《すぎ》の立《た》ち木《き》があったが、姿《すがた》をかくすことができるのは密集《みっしゅう》しているバラのしげみだけだった。それでそちらのほうからはなしたために、執事《しつじ》の部屋《へや》から見《み》ると、方向《ほうこう》が逆《ぎゃく》になった」

ははーん、そうかぁ。

「これが私《わたし》に疑《うたが》いをもたれた原因《げんいん》だ。もう1つ、逃《に》げた猫《ねこ》はすばやく4、5メートルを横《よこ》切《ぎ》ったが、マリー・アントワネットは太《ふと》っていてそんなにはやくは走《はし》れない。そこで私《わたし》は、逃《に》げた猫《ねこ》はマリー・アントワネットではないと考《かんが》えた」

すごい、天才《てんさい》っ！

「マリー・アントワネットの逃亡《とうぼう》を信《しん》じさせ、私《わたし》に祖母《そぼ》をなだめさせたら、そのあとは、マリー・アントワネットをシフォンとして飼《か》うつもりだった。執事《しつじ》の部屋《へや》で、今度《こんど》は甘《あま》やかさずに、ふつうの猫《ねこ》の待遇《たいぐう》でね。首輪《くびわ》と宝石《ほうせき》は、そのうちにどこかから出《で》てきたことにして返《かえ》すつもりだったんじゃないのか」

鋭《するど》くつっこまれた執事《しつじ》は、深《ふか》くうなだれた。

「なにもかも、そのとおりです。もうしわけありません」

ドクターも、視線《しせん》をふせた。

「麻酔《ますい》は、毛《け》を染《そ》めるときに一度《いちど》、適量《てきりょう》を使《つか》っただけです。健康《けんこう》に害《がい》はありません。でも、それからというもの食欲《しょくよく》がまったくなく、なにも食《た》べないので、毎日《まいにち》、点滴《てんてき》をしています。はじめての麻酔《ますい》で、ショックを受《う》けたのかもしれません。体重《たいじゅう》も一気《いっき》に減《へ》ってしまって」

私《わたし》は、ぐったりしているシフォンを見《み》た。

それから、壁《かべ》にかざられている肖像画《しょうぞうが》を見《み》あげる。

毛《け》の色《いろ》がちがっているだけでなく、まるでべつの猫《ねこ》みたいに見《み》えた。

でも、このくらいでちょうどいいのかもね。

前《まえ》は、あんまりだったもの。

「マリー・アントワネットのためにつらい立場《たちば》に立《た》っていた執事《しつじ》やドクターたちの気持《きも》ちは、よくわかる」

プランスはそう言《い》いながら、姫《ひめ》のほうをむいた。

「でも姫《ひめ》、あなたは、なぜなんだ」

姫《ひめ》は口《くち》をとがらせながら横《よこ》をむいた。

「マリー・アントワネットさまがこの家《いえ》に来《き》てから、おばあさまは、私《わたし》のことをちっともかまってくれなくなったんだもの。くやしくって」

はぁ、ヤキモチね。

「おばあさまが孤独《こどく》だってことは、わかってる。おじいさまがなくなってから、おばあさまは悲《かな》しくてしかたがないのよ。それは、プランスだってしってるでしょ。いつも猫《ねこ》を抱《だ》きしめて、自分《じぶん》の心《こころ》をいたわっているのよ。でも私《わたし》だっておばあさまをはげましたいし、役《やく》にたちたい。心《こころ》のささえになりたい。家族《かぞく》だもの。そう思《おも》うのに、おばあさまは猫《ねこ》のほうばかり見《み》ているんだもの。私《わたし》は、猫《ねこ》より役《やく》にたてないわけ？」

姫《ひめ》の大《おお》きな目《め》からなみだがこぼれて、ほおを伝《つた》わった。

「私《わたし》は、猫《ねこ》より価値《かち》がないの？」

そんなこと……。

私《わたし》は、すっかり姫《ひめ》がかわいそうになった。

だって自分《じぶん》の価値《かち》が猫《ねこ》より下《した》だと感《かん》じたら、そりゃメゲるもん。

「もう猫《ねこ》なんかいなくなればいいって思《おも》ったのよ。そうしたら私《わたし》がおばあさまを大事《だいじ》にしてあげられるから。おばあさまだって、私《わたし》をたよってくれると思《おも》うし。そのほうがずっといい。幸《しあわ》せだもの」

さけんで姫《ひめ》は、わっと泣《な》きだした。

私《わたし》は、なんと言《い》えばいいのかわからなくて、なぐさめてあげられなかった。

その場《ば》にいただれもが同《おな》じ気持《きも》ちだったらしくて、沈黙《ちんもく》が広《ひろ》がる。

そこに足音《あしおと》が近《ちか》づいてきて、メイドが顔《かお》を出《だ》したのだった。

「大奥《おおおく》さまと奥《おく》さまが、もう玄関《げんかん》におつきになったそうです。いま、こちらにむかっていらっしゃるとのことで」

げっ、どうすんの？

「ドクター、この染料《せんりょう》は落《お》ちるのか」

プランスに聞《き》かれて、ドクターはこまったように口《くち》の両《りょう》はじを下《さ》げた。

「それが……完璧《かんぺき》にしたいと思《おも》ったので、落《お》ちないものを使《つか》ったんです」

ということは、シフォンはもとにもどれないのね。

「毛《け》がのびれば、下《した》から白《しろ》いのがはえてきますが」

それまでの間《あいだ》、どーすんのよっ！

だれがどうやって、おばあさまに説明《せつめい》するわけっ!!

「プランス」

カイが言《い》った。

「約束《やくそく》、覚《おぼ》えているか」

えっと、なんだっけ。

「むろんだ」

あ、そうだ。

みんながこまっているこの現状《げんじょう》をなんとかするって、ことよね。

「今《いま》、それをやろうぜ」

そう言《い》いながらカイは、手《て》にしていたバックル型《がた》の首輪《くびわ》をシフォンにはめなおした。

それを見《み》て、プランスもきっぱりとうなずいたのだった。

「そうしよう」

え、なにをどうやるの？

「聞《き》いてくれ」

そう言《い》ってプランスは、その場《ば》にいるみんなを見《み》まわした。

「この家《いえ》を、住人《じゅうにん》にとってはたのしいものに、そして使用人《しようにん》にとっては、気持《きも》ちよく働《はたら》けるところにするために、このさい、マリー・アントワネットは逃《に》げたことにする。今後《こんご》、マリー・アントワネットはシフォンとして、ふつうの猫《ねこ》のように生《い》きていくんだ。世話《せわ》は、執事《しつじ》がする。ドクターは、マリー・アントワネットがシフォンとして生《い》きていくことができるようにケアをする。そして姫《ひめ》は、さっき自分《じぶん》で言《い》ったように、祖母《そぼ》を大事《だいじ》にし、その心《こころ》のささえになる。それでどうだろう」

プランスが口《くち》をつぐむと、だれからともなく拍手《はくしゅ》があがった。

みんなが心《こころ》からその考《かんが》えに賛成《さんせい》したんだと思《おも》う。

もちろん、私《わたし》も賛成《さんせい》だった。

プランスは、ほほえんで言《い》った。

「では、これは私《わたし》たちだけの秘密《ひみつ》だ。同《おな》じ秘密《ひみつ》を共有《きょうゆう》した私《わたし》たちは、今日《きょう》からいままで以《い》上《じょう》に結束《けっそく》でき、そしてなかよくなれるだろう。この東城家《とうじょうけ》をよろしくたのむ」

またも拍手《はくしゅ》があがる。

私《わたし》は、感心《かんしん》しながらプランスを見《み》つめた。

うまくまとめて、すごいなぁって思《おも》って。

プランスには、きっとリーダーの素質《そしつ》があるんだね。

「あら、みなさん」

突然《とつぜん》、しわがれた声《こえ》がひびき、廊下《ろうか》の角《かど》から年《とし》とった女《おんな》の人《ひと》が顔《かお》を出《だ》した。

「おそろいで、どうかなさったの？」

細《ほそ》い枯《か》れ木《き》のような体《からだ》つきだったけれど、服装《ふくそう》はすごくハデで、真《ま》っ黄色《きいろ》のワンピースの首《くび》から、マリー・アントワネットがしていたのと同《おな》じ宝石《ほうせき》のついたネックレスをかけ、耳《みみ》かざりも腕輪《うでわ》も指輪《ゆびわ》もして、爪《つめ》は金色《きんいろ》に染《そ》めていた。

私《わたし》はひと目《め》で、うわっ、これがおばあさまにちがいないと思《おも》った。

このアクの強《つよ》さって、そんじょそこらにいるバァさんとはぜんぜんちがうもん。

その後《うし》ろには、化粧《けしょう》の厚《あつ》いオバさんがついていた。

以前《いぜん》にプランスの家《いえ》で会《あ》ったことがあったから、私《わたし》にはすぐわかった。

これがプランスのママの姉《ねえ》さんで、姫《ひめ》の母親《ははおや》だって。

「おばあさま、ごきげんよろしゅう」

プランスがそう言《い》って進《すす》みでると、おばあさまはうれしそうに腕《うで》をのばしてプランスを抱《だ》きしめた。

「ひさしぶりね。あいかわらずきれいだこと。あなたは、私《わたし》の自慢《じまん》の孫《まご》よ」

あいさつが終《お》わると、プランスは、おばあさまの後《うし》ろで順番《じゅんばん》を待《ま》っていた伯母《おば》さんにもあいさつをして……前《まえ》みたいに、ほっぺにおもいっきりキスされたけど……そのあとで、おばあさまにむきなおった。

「悪《わる》いおしらせをしなければなりません。じつは、マリー・アントワネットがどこかに逃《に》げだしてしまったんです」

おばあさまは、その場《ば》にしゃがみこみそうになった。

「私《わたし》の、マリー・アントワネットが……。なんてこと！」

プランスがあわててその体《からだ》をささえる。

「手《て》をつくして探《さが》しますから、どうぞお気《き》をたしかに」

姫《ひめ》がかけよって、おばあさまに抱《だ》きついた。

「ごめんなさい。私《わたし》が目《め》をはなしたからです。ごめんなさい。私《わたし》、マリー・アントワネッ

トのかわりになります。おばあさまのおそばにいます。ずっとそばにいます。だからゆるしてください」

ああ姫《ひめ》は、自分《じぶん》がしたことをあやまっているんだなって、私《わたし》にはわかった。

「マリー・アントワネットのように、おばあさまのそばからはなれませんから」

おばあさまは、細《ほそ》い手《て》で姫《ひめ》を抱《だ》きしめた。

「いいのよ。あなたにたのんだ私《わたし》も、うかつだったわ。あなただっていそがしいんだしね。

でも、ああマリー・アントワネットはいったいどこに……」

そのときだった。

カイに抱《だ》かれていたシフォンが突然《とつぜん》、あばれて飛《と》びだし、おばあさまにかけよったのだ。

わっ、こいつ、自己主張《じこしゅちょう》してるっ！

自分《じぶん》がマリー・アントワネットだと訴《うった》えようとしているんだっ!!

「まあ、どうしたの、この黒《くろ》い猫《ねこ》」

びっくりするおばあさまに、プランスがきっぱりと答《こた》えた。

「それは執事《しつじ》が最近《さいきん》飼《か》った猫《ねこ》なんです」

おばあさまは目《め》を見開《みひら》き、しみじみとシフォンを見《み》つめた。

「なんてしょぼくれた猫《ねこ》でしょ。まるでボロ布《ぬの》みたいね。マリー・アントワネットとは大《おお》ちがい。さっさとどっかにやってちょうだい。服《ふく》を汚《よご》されたくないわ」

執事《しつじ》があわててシフォンを抱《だ》きとる。

「こら、大奥《おおおく》さまに近《ちか》よっちゃダメだ」

シフォンは目《め》を見開《みひら》き、鼻息《はないき》をあらくしてあばれたが、おばあさまは、もうシフォンを見《み》ようともしなかった。

「しつけが悪《わる》いわね。二度《にど》と、私《わたし》の前《まえ》につれてこないでちょうだい」

執事《しつじ》は、しっかりとうなずいた。

「おい、シフォン。おまえはシフォンなんだぞ。マリー・アントワネットさまじゃないんだからな」

そう言《い》われて、ようやく見《み》はなされたことがわかったのか、シフォンは前《まえ》よりいっそうくったりとし、執事《しつじ》の腕《うで》の中《なか》でまるくなった。

ちょっと、かわいそ。

でも、おまえが傲慢《ごうまん》すぎたんだぞ。

「姫《ひめ》、あなたの気持《きも》ちはうれしいけどね」

おばあさまは、ちらっと母親《ははおや》のほうに目《め》をむけた。

「私《わたし》がマリー・アントワネットを買《か》ったのは、あなたの母親《ははおや》に言《い》われたからですよ。もう姫《ひめ》も大《おお》きくなって受験《じゅけん》や習《なら》いごとでいそがしいんですから、あまりかまわないでやってくださいねって」

え、そうだったのぉっ！

「じゃ、私《わたし》のかわりにマリー・アントワネットをかわいがっていたんですか？」

おばあさまはほほえんだ。

「そうですよ。おまえの時間《じかん》を奪《うば》ってはいけないと思《おも》ってね」

姫《ひめ》は見《み》るまに真《ま》っ赤《か》になり、いきおいよく母親《ははおや》の前《まえ》に歩《あゆ》みよった。

「お母《かあ》さま、私《わたし》とおばあさまがなかよくするのをじゃましないでください。今度《こんど》そんなことをしたら、私《わたし》、家出《いえで》しますからっ！」

母親《ははおや》は、あぜんとして姫《ひめ》を見《み》かえした。

「なにを怒《おこ》っているの。中学受験《ちゅうがくじゅけん》でいそがしかったし、次《つぎ》は高校受験《こうこうじゅけん》があるじゃないの」

プランスが、そっと母親《ははおや》の肩《かた》を抱《だ》いた。

「姫《ひめ》はかしこい子《こ》ですから、ちゃんと乗《の》り越《こ》えていきますよ。心配《しんぱい》しないで、おばあさまとのくつろぎの時間《じかん》もとってやってください。私《わたし》からもおねがいします」

そう言《い》われて母親《ははおや》は、しかたなさそうにうなずいた。

「まあプランスがそう言《い》うのなら、聞《き》くしかないわね。でも姫《ひめ》、絶対《ぜったい》に成績《せいせき》を落《お》とさないって約束《やくそく》なさいね」

姫《ひめ》は、笑顔《えがお》で答《こた》えた。

「はーい。ねえ、おばあさまの部屋《へや》で勉強《べんきょう》するわ。いい？」

おばあさまは目《め》を細《ほそ》めた。

「もちろんよ。うれしいわ」

なにもかもうまくいって、私《わたし》はほっと息《いき》をついた。

そのとたんに、執事《しつじ》の腕《うで》の中《なか》にいるシフォンと目《め》があったの。

ジトッとした恨《うら》みがましい目《め》で見《み》つめられて、私《わたし》はゾッとした。

こういうのって、もしかして、《黒猫《くろねこ》の呪《のろ》い》とかいったりする？

「なんか、にらまれているような気《き》がするんだけど」

私《わたし》が言《い》うと、カイはちらっとシフォンのほうを見《み》た。

「気《き》のせいじゃないか」

そうかなぁ。

「黒猫《くろねこ》だと思《おも》うからだよ。いまは黒《くろ》だけど、もうしばらくすれば白《しろ》い毛《け》がはえてきて、雪《ゆき》をかぶった富士山《ふじさん》とか、白髪《はくはつ》が出《で》はじめた年寄《としよ》りみたいになるんだぜ」

そんな様子《ようす》を想像《そうぞう》して、私《わたし》はおもわず笑《わら》ってしまった。

「マヌケだぁ……」

カイも笑《わら》った。

「あいつは、ふつうの猫《ねこ》として生《い》きるべきだと思《おも》うよ。それが、みんなのためでもあるし、きっとあいつ自身《じしん》のためでもある。人間《にんげん》でも猫《ねこ》でも、わがままをしかられないと、自分《じぶん》の好《す》きなことばっかりできるし、気持《きも》ちがいいけれど、それはじつは幸《しあわ》せなことじゃないんだ。毎日《まいにち》90個《こ》もマカロンを食《た》べていて、体《からだ》にいいはずないじゃないか。はやく死《し》ぬぞ」

まあ、そうね。

「ふつうの生活《せいかつ》のほうが幸《しあわ》せだよ、きっと」

妙《みょう》に力《ちから》をこめて言《い》ったカイは、強《つよ》い目《め》をしていた。

まるで大人《おとな》みたいにしっかりして見《み》えた。

それで私《わたし》は、こう思《おも》ったのだった。

カイがそんなにはっきり言《い》いきるのなら、それを信《しん》じることにしようって。

たぶんまちがってないよ。

「ちょっと」

おばあさまのそばにいた姫《ひめ》が、あわてた様子《ようす》で近《ちか》よってきて私《わたし》の耳《みみ》にささやいた。

「カイとなかよくしないでよ」

むっ！

なんで、あんたにそんなこと言《い》われなくっちゃならないわけ。

私《わたし》たちは、仲間《なかま》なんだからねっ！

どんなになかよくしようと、自由《じゆう》じゃん。

「あなた、私《わたし》のスパイなんでしょ」

わっ、そうだった。

「ちゃんと報告《ほうこく》するのよ。待《ま》ってるからね」

あ、あ、あの、やっぱり、スパイなんてやめたいんだけど。

「マカロン30個《こ》よ」

やる……。

21 うれしいニュース

お菓子《かし》の誘惑《ゆうわく》に勝《か》てなかった私《わたし》は、やむなくマカロン姫《ひめ》と電話番号《でんわばんごう》の交換《こうかん》をした。
こういうときって、つくづく携帯電話《けいたいでんわ》を持《も》ってなくてよかったと思《おも》うなぁ。
だって持《も》ってたら、しょっちゅうかかってくるに決《き》まってんだもの。
うざぁ……。
「さ、事件《じけん》も解決《かいけつ》したし、スズ、帰《かえ》ろうか」
カイに言《い》われて、私《わたし》たちはマカロン姫《ひめ》の城《しろ》をあとにした。
行《い》ったときと同《おな》じように、プランスの車《くるま》で家《いえ》までおくってもらったの。
車《くるま》に乗《の》るとすぐカイとプランスは、メタマテリアルのことで話《はな》しはじめた。
それを見《み》て、私《わたし》はこっそりメモ帳《ちょう》をとりだした。

けっこう複雑《ふくざつ》な事件《じけん》だったから、家《いえ》まで帰《かえ》るうちにこまかいところを忘《わす》れちゃいそうだったんだもの。

これはネタだから大切《たいせつ》にしないと。

窓《まど》ぎわによって、さも窓《まど》の外《そと》をながめている様子《ようす》で、2人《ふたり》に見《み》えない角度《かくど》にメモ帳《ちょう》をおいて、めだたないように注意《ちゅうい》しながらせっせと書《か》きとめた。

でも、いつの間《ま》にか夢中《むちゅう》になってしまっていて……スキができたのよねぇ。

気《き》がついたときには、カイとプランスがそろってメモに注目《ちゅうもく》していた。

「おい、それはなんだ」

「この間《あいだ》もそうだったけど、どういうこと？」

ううっ、言《い》えない。

「まあ、その、えっと、日記《にっき》を書《か》くために、ね」

あわてて言《い》いわけすると、カイは疑《うたが》いの目《め》で私《わたし》を見《み》た。

「本当《ほんとう》のことを言《い》えよ」

ちょっと怒《おこ》ってるみたいだった。

「僕《ぼく》たち、友《とも》だちだろ」

そうなんだけどさ……。

「なんで言《い》えないんだ」

言《い》うと、そんなヤツは友《とも》だちじゃないって言《い》われるからだよぉ……。

「言《い》えよ」

私《わたし》はこまって、だまっていた。

するとプランスがカイの肩《かた》をたたいて、こう言《い》ったの。

「ま、そのうちわかるさ。時間《じかん》はたっぷりある。中学《ちゅうがく》も高校《こうこう》も、ずっといっしょなんだからな」

私《わたし》は、びっくりした。

「え……」

ということは……もしかして。

「先週《せんしゅう》、母《はは》の部屋《へや》に、中等部合格者《ちゅうとうぶごうかくしゃ》の名簿《めいぼ》がおいてあった」

そういえば、プランスのお母《かあ》さんって、松葉学園《しょうようがくえん》の理事長《りじちょう》なんだっけ。

「それをめくってみたら、中《なか》に鈴木美鈴《すずきみすず》という名前《なまえ》があった」

ってことは……私《わたし》、中学《ちゅうがく》に受《う》かってるんだっ！

「名前《なまえ》の中《なか》にスとズが合計《ごうけい》で4つもついてるのって、おまえくらいだろ」

そんなの私《わたし》のせいじゃないもんって、いつもなら抗議《こうぎ》するところなんだけど、とてもそんな気《き》になれなかった。

うれしすぎてっ！

もう、心《こころ》がとろけそうっ!!

だって受《う》かったんだよ、中学《ちゅうがく》。

よかったぁ！

すっごい不安《ふあん》だったんだ。

心配《しんぱい》もしてたしさ。

「お、やったじゃん」

カイは、そう言《い》って私《わたし》の頭《あたま》に手《て》を載《の》せた。

「おめでと」

大《おお》きな手《て》で、くるくるっとなでまわす。

「お祝《いわ》いしなくちゃな」

その目《め》はもう、怒《おこ》ってなんかいなかった。

「僕《ぼく》は推薦《すいせん》だから入学《にゅうがく》できてあたりまえだけど、スズは実力《じつりょく》だもんな。えらいよ」

そう言《い》ってから、そっと私《わたし》の耳《みみ》に口《くち》をよせた。

「きっと天国《てんごく》の家族《かぞく》も、喜《よろこ》んでるよ」

私《わたし》は、胸《むね》がきゅんとした。


「よかったな」

カイの息《いき》で、耳《みみ》があたたかくなる。

そのぬくもりが心《こころ》まで伝《つた》わっていくのを感《かん》じながら、私《わたし》はカイを見《み》あげた。

自分《じぶん》のことみたいにうれしそうな笑顔《えがお》だった。

カイって、ほんとにやさしいんだ。

知《し》りあえてよかったな。そう思《おも》った。

「だけど先週《せんしゅう》ってことは」

カイがプランスを見《み》る。

「マカロン姫《ひめ》のとこに行《い》く前《まえ》に、もうしってたってことだよな」

私《わたし》は、はじめてそのことに気《き》づいた。

「なんでもっとはやく教《おし》えてくれないのよ」

そう言《い》うと、プランスはふっと笑《わら》った。

「そのほうが、おもしろそうだったからに決《き》まってるだろ」

こいつ、ほんとに性格《せいかく》、最悪《さいあく》。

「よし」

カイが右手《みぎて》をさしだした。

「これからもいっしょだ。よろしくっ！」

私《わたし》は、それをにぎりしめる。

プランスがその上《うえ》に、ひんやりとした手《て》をおいた。

「まあ、たのしくやろう」

うんっ！

22 そしてスズは……？

「はぁ、マカロンの城《しろ》で、姫《ひめ》に取材《しゅざい》したぁ？」

金田《かねだ》さんは、私《わたし》の話《はなし》を聞《き》いて、そう言《い》った。

「なんですか、それ。おとぎ話《ばなし》？　いきなり童話作家《どうわさっか》に転向《てんこう》する気《き》ですか？」

ちがうよぉ！

「スリルとサスペンスの黒猫事件《くろねこじけん》です」

城《しろ》でおこったことをそのまま書《か》けばいいだけなら、私《わたし》にも書《か》けそうだった。

ちゃんとメモもとってあるしさ。

「すごくおもしろいと思《おも》うんですけど」

そう言《い》うと、金田《かねだ》さんは小《ちい》さな声《こえ》で答《こた》えた。

「……ない」

えっ？

「……ない」

なに言《い》ってんだろ。

「おもしろくないって言《い》ってるんです！」

わっ！

「猫《ねこ》の事件《じけん》なんて、どこがおもしろいんですか。おもしろくないに決《き》まってるじゃないですか」

そうかなぁ。

私《わたし》はじゅうぶん、おもしろかったけど。

「あのねえ、読者《どくしゃ》が読《よ》みたいのは、人間《にんげん》の小説《しょうせつ》！　生《い》きにくいこの社会《しゃかい》を、1人《ひとり》の人間《にんげん》がどうやって生《い》きていくか。それが読《よ》みたいんです。それを読《よ》んで感動《かんどう》したいんですよ。猫《ねこ》なんて、ふんっ！」

ダメかぁ……。

「1週間《しゅうかん》で取材《しゅざい》して書《か》きはじめてくださいって、前《まえ》に言《い》いましたよね」

ぎくっ！

「そうしないと、子《こ》ども7人《にん》つれて、あんたんちに押《お》しかけるって言《い》いましたよね。あのね、言《い》っとくけど、僕《ぼく》んちの子《こ》どもは、みんなクソガキだからね」

ひえっ。

「上《うえ》から、一郎《いちろう》、二郎《じろう》、三四郎《さんしろう》、五郎《ごろう》、六花《むか》、七郎《しちろう》、八郎《はちろう》っていってね、だれ一人《ひとり》として大人《おとな》の言《い》うことなんか聞《き》かないんだから。連中《れんちゅう》のとおったあとといったら、竜巻《たつまき》がとおり過《す》ぎたあとよりずっとひどいんだよ。僕《ぼく》んちなんか、破《やぶ》れてないふすまとか障子《しょうじ》とかガラス戸《ど》なんか1こもないからね」

ひえええ〜。

「本気《ほんき》ですよ。さあ、この子《こ》ども7人《にん》におそわれたくなかったら、さっさと小説《しょうせつ》を書《か》け。書《か》くんだあっ！」

わーん、だれか、おねがい、小説書《しょうせつか》いてっ！

TO《トゥ》　読者《どくしゃ》のみなさま

いつも読《よ》んでくれて、ありがとう！

愛川《あいかわ》が毎日散歩《まいにちさんぽ》をする道《みち》のそばには、公立《こうりつ》の小学校《しょうがっこう》と中学校《ちゅうがっこう》があって、散歩時間《さんぽじかん》はちょうど下校時《げこうじ》なので、2、3人《にん》のグループで帰《かえ》ってくる小《しょう》・中学生《ちゅうがくせい》とすれちがいます。

楽《たの》しそうにしているときは、愛川《あいかわ》もうれしくなるし、悲《かな》しそうだったりすると、とても心配《しんぱい》になって、散歩《さんぽ》が終《お》わってからもその子《こ》のことが心《こころ》からはなれません。あれからどうしただろう、元気《げんき》をとりもどしてくれているといいなと考《かんが》えています。

つらいことや悲《かな》しいことがあったときには、どうぞ「スズ」を読《よ》んでね。

元気《げんき》いっぱいのスズが、あなたを癒《いや》してくれることを願《ねが》っています。

次《つぎ》の「スズ」は、6月《がつ》に出《で》ます。6月《がつ》にお会《あ》いしましょう！

FROM《フロム》　愛川《あいかわ》さくら

愛川さくら／作
A型さそり座。幼い頃からヨーロッパに興味を持ち、フランスやその周辺各国に長期の取材旅行を重ねてきた。現在は作家およびエッセイストとして多数の単行本を執筆している。

市井あさ／絵
児童書を中心に活動するイラストレーター。好きな食べものは卵料理とチョコレート。今は、海外ドラマを観ることにハマっています。

角川《かどかわ》つばさ文庫《ぶんこ》　Aあ1-2

天才作家《てんさいさっか》スズ秘密《ひみつ》ファイル②

マカロン姫《ひめ》とペルシャ猫《ねこ》

作《さく》　愛川《あいかわ》さくら
絵《え》　市井《いちい》あさ

2009年4月15日　初版発行
2009年7月15日　再版発行

発行者　井上伸一郎
発行所　株式会社角川書店
東京都千代田区富士見2-13-3　〒102-8078
電話・編集03-3238-8555
発売元　株式会社角川グループパブリッシング
東京都千代田区富士見2-13-3　〒102-8177
電話・営業03-3238-8521
http://www.kadokawa.co.jp/

印　刷　大日本印刷株式会社
製　本　大日本印刷株式会社
装　丁　ムシカゴグラフィクス

ISBN978-4-04-631021-7　C8293
N.D.C.913　238p　18cm

読者のみなさまからのお便りをお待ちしています。
いただいたお便りは、編集部から著者へおわたしいたします。

角川つばさ文庫発刊のことば

角川グループでは『セーラー服と機関銃』(81)、『時をかける少女』(83・06)、『ぼくらの七日間戦争』(88)、『リング』(98)、『ブレイブ・ストーリー』(06)、『バッテリー』(07)、『DIVE!!』(08)など、角川文庫と映像とのメディアミックスによって、「読書の楽しみ」を提供してきました。

角川文庫創刊60周年を期に、十代の読書体験を調べてみたところ、角川グループの発行するさまざまなジャンルの文庫が、小・中学校でたくさん読まれていることを知りました。

そこで、文庫を読む前のさらに若いみなさんに、スポーツやマンガやゲームと同じように「本を読むこと」を体験してもらいたいと「角川つばさ文庫」をつくりました。

読書は自転車と同じように、最初は少しの練習が必要です。しかし、読んでいく楽しさを知れば、どんな遠くの世界にも自分の速度で出かけることができます。それは、想像力という「つばさ」を手に入れたことにほかなりません。

「角川つばさ文庫」では、読者のみなさんといっしょに成長していける、新しい物語、新しいノンフィクション、角川グループのベストセラー、ライトノベル、ファンタジー、クラシックスなど、はば広いジャンルの物語に出会える「場」を、みなさんとつくっていきたいと考えています。

読んだ人の数だけ生まれる豊かな物語の世界。そこで体験する喜びや悲しみ、くやしさや恐ろしさは、本の世界の出来事ではありますが、みなさんの心を確実にゆさぶり、やがて知となり実となる「種」を残してくれるでしょう。

かつての角川文庫の読者がそうであったように、「角川つばさ文庫」の読者のみなさんが、その「種」から「21世紀のエンタテインメント」をつくっていってくれたなら、こんなにうれしいことはありません。

物語の世界を自分の「つばさ」で自由自在に飛び、自分で未来をきりひらいていってください。

ひらけば、どこへでも。——角川つばさ文庫の願いです。

角川つばさ文庫編集部